青春的述说·90 后校园文学精品选

高长梅　尹利华　主编

她停留在空气中

高琳琳　著

九 州 出 版 社 JIUZHOUPRESS | 全国百佳图书出版单位

图书在版编目（CIP）数据

她停留在空气中/高琳琳著.—北京：九州出版社,2014.3
（2021.7 重印）

（青春的述说：90后校园文学精品选 / 高长梅,尹利华主编）

ISBN 978-7-5108-2771-6

Ⅰ.①她…　Ⅱ.①高…　Ⅲ.①散文集 – 中国 – 当代②小说
集 – 中国 – 当代　Ⅳ.①I217.2

中国版本图书馆CIP数据核字（2014）第041902号

她停留在空气中

作　　者	高琳琳　著
出版发行	九州出版社
地　　址	北京市西城区阜外大街甲35号（100037）
发行电话	（010）68992190/3/5/6
网　　址	www.jiuzhoupress.com
电子信箱	jiuzhou@jiuzhoupress.com
印　　刷	北京一鑫印务有限责任公司
开　　本	710毫米×1000毫米　16开
印　　张	8
字　　数	123千字
版　　次	2014年5月第1版
印　　次	2021年7月第5次印刷
书　　号	ISBN 978-7-5108-2771-6
定　　价	32.00元

前言

随着中小学课程改革的进一步深入，我们欣喜地看到，许多学校的校长、教师对校园文学与课程建设、学校文化建设紧密关系的认识，上升到前所未有的高度。

有识之士认为，校园文学对于学生完善自我、陶冶心灵、挖掘情商、启迪智慧，培养想象力和创新精神，具有其他教育形式不可替代的作用。作为学校教育重要形式和载体的校园文学，在学校的课程中得到了充分体现，占有了一席之地。

我们更欣喜地看到，许多学校在校园文学作品进入阅读教材、校园文学创作融入写作教学等方面做了大量行之有效的探索。他们认为，阅读教材中引进校园文学作品，使阅读教学内容更加丰富、新颖，贴近学生的生活、思想和鉴赏兴趣。紧密联系校内外各种实践活动，创造契机，搭建平台，让学生适当进行课外的文学创作，使课内外写作结合，促进了写作教学改革。

正如《第三届全国校园文学研究高峰论坛宣言》所说的那样：校园文学走进课程，是语文学科建设和改革的重要抓手，有助于学生综合素质的培养、语文教学效率的提高、语文教师专业化水平的提升以及整个语文学科的改革发展。

这套 10 本校园文学作品集，作者都是 90 后，他们的生活、他们的思想、他们的情感，与现在的 90 后乃至00 后读者是相通的。我们相信，这些作品会和这些读者产生共鸣，从而达到我们出版这套书的目的——为读者提供一套他们真正感兴趣的、接地气的作品。

目录

目录

第三辑　且行且感悟

目录

第一辑

莲子已成荷叶老

送行

父亲是弓，

儿子是箭。

弓为了把箭射得更远，

把背弯了又弯。

——题记

窗外响起了一阵狗吠，门吱呀一声开了，接着，传来一阵干咳。

我揉揉惺忪的睡眼，穿好衣服下了床。借着微弱的灯光，我看见父亲正佝偻着背为我打点行李。我轻轻地喊了一声"爸"，他没有听见。五十出头的他头发已有些白了，听力也不如从前了。我心里一酸，有种心痛的感觉。

他一转身，看见了我。"起来了，报到时间是八点是不是？"我一惊，昨晚才告诉过他十一点到校，他怎么忘得这样快？"十一点，不是八点。"我提了提嗓门。"嘿！人老了，这也记不住了。"他嘿嘿地笑道。

行李装好后，他用白开水泡馍简便地打发了早餐后，便和我走出了只有三间破瓦房的家。家门口，母亲久久地站立着，不住地拭着泪。

从家里到县城有二十多里路，而只有到三十里外的镇上才有车。这意味着，父亲要提着近五十斤重的行李走三十里地。我坚持着自己拿行李，已十六岁的我个头比父亲竟高出一头，但父亲执意不肯。他又讲起了往事："年轻时，我背着两袋面粉从镇上回到家，走了不到两个小时……"他一直愁苦的脸上浮出了久违不见的笑容。我强忍着泪，不想破坏那笑容。

太阳出来了，日光变得毒辣了。我渐渐地落在了后面。在土路边的水沟里洗了一把脸，我顿觉舒服极了。我赶上他，他的汗珠如雨滴般地下落，头发粘在前额。"到学校，听老师的话，好好学习；吃饭不要省，要吃饱；和同学要搞好关系……"他喘着气，说话也不大连贯了。我心疼地拿下包，让他洗洗脸。他迟疑着问了几遍"不会晚吧？"才去了。

到了车站，父亲把包给我，说："进去吧，"又拉着我，"占个靠窗的位置，你晕车。"上了车，我把包放在一个靠窗的地方，买了票。

我看到父亲孤零零地站在太阳下，嘴唇干裂。虽然两边有卖各种饮料的小贩，但我知道他不会买。

我想起他在田地里背麦子上坡的情景，也许他的背就是在那时变弯的吧。

车子启动了，我向他摆手，他在后面着急地说"注意身体，与人和气——"

我的眼泪哗哗流下，怎么也抑制不住，我想起了朱自清的散文《背影》。

房顶上的表演

记得小时候，一到暑假，爸爸就会带领全家人回老家。爷爷奶奶虽然年纪大了，可勤劳了一辈子的他们不愿闲下来，依然种了不少地。所以，锄秋时节，姑姑伯伯们都会不约而同地从城里赶回老家，帮忙干农活，尽自己的一份孝心。

到了晚上，我们一群小孩子就会跑前跑后地往房顶搬东西，有凉席、枕头、小桌之类，因为屋里闷热不堪，待一会儿就汗如雨下，而平房顶上则微风习习，好不惬意，当然是纳凉的好地方。

皎洁的月光洒在房顶上，萤火虫在草间闪烁，远处的青山像搁浅的大船，大人们开始聊天，温馨而愉悦。大概受不了孩子们的吵闹，当教师的姑姑会把小孩子们哄到一块，让我们逐个表演节目，为大家取乐。表演好了有奖赏，还会得到长辈的夸赞，所以呀，我们这些小孩子就暗暗较劲，卖力地唱儿歌、背唐诗或者跳一段可爱的舞蹈，长辈们时不时就会被这些稚气的表演逗得哈哈大笑。我是家里有名的小书虫，拿手好戏就是背诗词，背着小手，骄

傲地高声朗诵，至今想来都觉得慷慨激昂。刚三岁的小妹也不甘示弱，兴冲冲地也要表演，于是在妈妈的引导下讲了一个惟妙惟肖的笑话，用稚嫩的童音模仿各种各样的小动物。我们的才艺表演，使小村庄的上空不时地响起爽朗的笑声，不仅洗去了大人们一天的劳乏，也开发了小孩子们的艺术细胞，夏夜好像也没那么漫长了。最后，姑姑会笑着说大家的表演都很好，都是第一名，每人奖一块西瓜。末了的压轴节目就是姑姑的童话故事，她用温柔的声音将曲折的故事娓娓道来，小孩子们起先还认真地听，后来眼皮开始上下打架，慢慢地就进入了梦乡。

时至今日，我们家的小孩子都很富有表演才能，性格开朗活泼，我总认为是儿时屋顶表演的功劳。

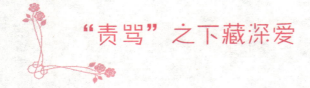

"责骂" 之下藏深爱

外祖母病了，是癌症，医生说时日不多了。

外祖父一夜之间老了很多，不顾年老体衰，执意在医院精心照顾外祖母，还寻找了不少缓解疼痛的偏方。

母亲从医院回到家，面色很憔悴，她说："今天，你外祖母和你外祖父吵架了，唉，你外祖母说你外祖父太笨了，老自以为是，你外祖父气得脸色铁青。"

我们都很诧异，温顺善良的外祖母怎么会这样？

当初外祖父离家外出打工，在建筑地当工头，虽然辛苦但也赚了不少钱，可是末了却被交好的"兄弟"骗得一无所有，灰头土脸地回到家。即便如此，外祖母也没一句怨言，还不停地劝慰外祖父，并承包了家里大大小小的杂务，任劳任怨。外祖母与外祖父相识五十多年来，两人琴瑟和鸣，从未红过脸、拌过嘴。可他们竟然在这个关头吵架，实在是出人意料。

后来，我无意间在书上看到一个故事。

老头得了绝症，性情暴躁，动不动就对自己年迈的妻子发脾气。医护人员于心不忍，劝老太婆想开点，别生他的气。老太婆的眼泪一下子掉了下来，悄悄走到病房外，对医护人员说："他是故意对我发脾气，好让我生气讨厌他。他是怕他走后我老是想他呀！"

一瞬间，我的心似乎被狠狠地撞击了一下，眼里已蓄满了泪水，我明白了一生处处为他人着想的外祖母此番的良苦用心。

我们时常羡慕故事中、小说里那些刻骨铭心的爱情故事，殊不知，原来，最美的爱情就在身边，"责骂"之下隐藏着最深的爱。

夏夜漫步

放暑假了，上班的休息了，上学的放假了，家里顿时热闹了。

太阳火辣辣地炙烤着大地，吓退了想出门的人，人人都待在家里吹空调。每天朝夕相对，家里人最初的热忱也消散了，相对也无言。

父亲在书房里看书，母亲日日上网，小弟成绩退步了被管教着补习功课，我呢？百无聊赖，从一个房间游荡到另一个房间，拿本书或看会儿电视，最熟悉的人似乎却有一层看不见的隔膜。

吃过晚饭，天色已完全暗下来了。突然间我们陷入了一片黑暗之中，短暂的呆愕之后才发觉是停电了，没有了空调吹来的丝丝凉风，不多时，我们已热得汗流浃背，这闷热的屋子是一刻也待不下去了。所以，当父亲

提出一起到下面去散步时，得到了大家的一致同意。

走下楼，顿觉一阵凉风吹来，惬意极了。夜色已完全笼罩了大地，草丛中不时传来不知名昆虫的叫声，远处高高低低的树一排排默默地似在站岗。天空中一颗星星也没有，只有月儿在云中浮沉，"缺月挂疏桐，漏断人初静"无疑是此时意境的最好诠释了。

我们一行人不紧不慢地踱着步子，身边不时有三三两两的纳凉人走过，黑色之中，每个人走着各自的路线，卸下礼貌微笑的面具，没有伪装，无拘无束，自由自在，做真正的自己。

走在前面的父亲忽然扑哧一声笑了，向我们讲起了他想起的有趣故事，然后，讲起了幼时在家中贫穷时上山放牛割草，中学时如何刻苦学习得以考入师范大学，甚至还讲起了与母亲相识、相恋的青涩往事。直至今晚，我们才发觉日常不苟言笑的父亲还有我们不为人知的诙谐风趣的一面，记忆尘封的往事如泄闸的水汹涌而至，父亲讲得眉飞色舞，儿女听得津津有味，当教师的父亲此刻温文尔雅的神态让我心底涌出一股敬重之情。

平日里矜持的母亲也放下了羞涩，轻声哼起了我们并不熟悉的年代久远的歌曲，温柔的曲调似一股清泉洗涤了我们心中的烦躁与不安，如同安魂曲一般让我觉得无比踏实。

走至地方宽阔的学校操场，举目四望，北边的园丁楼依旧一片漆黑，南面的景物在朦胧的月色下似笼上了一层轻纱，模模糊糊，看不真切，颇有平林漠漠烟如织之感。

我们继续边走边聊，气氛已十分活跃，感觉到不远处一片雀跃之情，扭头看时，才发觉原来是来电了，光明又回到了人间。楼房上的灯次第打开了，拉上的窗帘里笼罩着五彩六色的光芒，那是家的温馨的光。

一次停电，一段漫步，拉近了我们家人之间的距离。世界上最遥远的距离是，虽近在咫尺，心却相距天涯，即使近为一家人，也需要时时敞开心扉，才能感受到亲情的美好与珍贵。

瓜为媒

母亲好吃水果，尤爱吃瓜。

炎炎夏日，正是西瓜的上市时节，街道两旁的货架上摆满了个头大小不一的青皮西瓜，诱人极了。每逢这时，母亲就会撒娇似的央告父亲去买瓜，父亲呢？就毫无怨言地顶着烈日去买瓜，一来二去，连卖瓜的大婶都认识他了，隔老远就向父亲打招呼。

瓜买回家，先不急着吃。母亲把瓜放在清水里泡一会儿，再放进冷藏柜里。每日午时，一家人都思睡昏昏。夏日午休是舒服的，可起来时却备受煎熬，头昏昏然，浑身无力，好似中了迷药。这时，母亲就从冷藏柜里取出准备好的西瓜，拿进厨房切好端出来，一片片青皮红瓤的西瓜在盘子里站成一列，让人馋涎欲滴。我迫不及待地拿起一块咬一口，只觉一阵清凉沁入肺腑，顿时神清气爽，好不惬意。

小弟大快朵颐后，打着饱嗝对母亲说："太爽了，怪不得妈这么爱吃瓜。"母亲闻言，瞅了一眼在一边大嚼的父亲后，满脸笑意地说："儿子，可不单单因为瓜甜好吃，而是因为这西瓜是我和你爸的月老，要不是它，我也许还不会嫁给你爸呢！"

咦，以前怎么没听过，我和小弟一下子来了兴趣，缠着母亲讲清楚。禁不住我们的死缠烂打，母亲略带羞涩地讲了一个瓜为媒的青涩往事。

外祖父是一个乡村医生，后来进城经商，与人合伙开了一家印刷厂，因为经营有方，赚了不少钱。可没承想，有一天合伙人竟卷款而逃，外祖父一无所有，沮丧地回了家。为了给外祖父宽心，善解人意的外祖母把种的一片瓜园让外祖父经营。那时，母亲凭着优异的成绩考入了师范大学，暑假回家时，瓜已经快熟了。为防止有人或动物偷瓜，外祖父和母亲就一起在

瓜园看瓜。一天夜里，就着朦胧的月色母亲觉得瓜藤下有异常声响，就叫醒了外祖父，两人手持木棍向前走去，以为是什么小动物来吃瓜。未及跟前，外祖父养的大黑狗已按捺不住，如箭般冲出，然后就听见一声惨叫。跑近一瞧，只见一青年吓倒于地，大黑沟紧咬那人的裤脚，原来是一个偷瓜贼。那青年见被人发现，又惊又吓，早已脸红耳赤，结结巴巴地说，从学校回家，坐的车半路坏了，赶夜路走得口渴就想摘一个润润喉咙。母亲见那青年眉清目秀，还背着一个沾上些泥土的挎包，像一个读书的学生，顿生恻隐之心，好言相劝外祖父，让青年走了。末了，母亲还赶上他，送了一个熟了的小西瓜。

几年之后，母亲师范大学毕业，被分配到镇里的一所中学教书，竟在校园里意外地遇到了那个青年。才知那青年也是师范学校毕业，在此教书。青年对又见到母亲很是惊喜，并暗生情愫，几番追求之后，两人步入了婚姻的殿堂。

不消说，那青年自然就是我的父亲了。

母亲讲完后，我和小弟都感叹道，好一出美人救英雄啊！再看父亲，已涨红了脸，很不好意思的样子。想不到，为人师表的父亲当年还去顺藤摸瓜呢。

怪不得母亲这么钟情于吃瓜，而父亲对母亲也是要瓜必应，原来他们是瓜为媒啊！

白水豆腐

我最喜爱的下酒菜 —— 白水豆腐。

说起这道菜，我的思绪不觉就飘到了过去，眼前浮现出父亲佝偻瘦弱的身影，在昏暗的灯光下拉得很长、很长。豫西山区的冬天很冷，特别是晚上。各家各户都早早关好门，亮起微弱的灯光，整个村子安静得像一块空地。屋子中的小桌上围着父亲、哥哥和我，我和哥哥趴着学习，只读了小学二年级的父亲坐在一边似懂非懂给我们指点着，旁边有燃烧着的炉子为我们取暖。看到我们冻得红彤彤的小手，父亲叹口气，就走进屋内拿一个小铝锅架在炉子上，招呼我们去取取暖。水滚着，热腾腾的，一阵阵的白气雾弥漫开来，好似孙悟空腾云驾雾的仙境。父亲笑着开玩笑道"妖怪来了"，然后拿起切好的豆腐块慢慢放进去。一小块一小块豆腐在水中上下翻滚着，嫩而滑，仿佛反穿的白狐大衣。不一会儿，父亲慢慢蹲下身子，觑着眼睛，从氤氲的热气里伸进筷子，夹起豆腐，一一放在我们的酱油小碗里。善解人意的母亲会拿出父亲爱喝的小酒，我们兄弟两人只能抿一小口，父亲说晚上冷，吃了大家暖和些。这时候，在炉火光的映衬下，父亲的眉眼会慢慢舒展，溢满笑意，心满意足地就着白水豆腐喝酒，这场景一直深深地印刻在我的脑海里。后来我也喜欢在寒冬的深夜一边喝酒，一边吃这白水豆腐，它已经成了我生活的一部分。

多少年过去了，我依然喜欢这种不起眼的白水豆腐。那种眼巴巴望着那锅，等着那热气，等着热气里从父亲筷子上落下来的豆腐的情景成了我深深的眷恋。

冬天里的烤甘薯

入秋的早上，我提着一袋蔬菜匆匆忙忙上天桥时，一阵微凉的风吹过，空气中飘来一缕熟悉的香味。走上天桥，举目四望，终于搜寻到了香味的来源——路口拐角处正停着一辆烤甘薯的小车。

丝丝缕缕的香味弥漫而来，沉淀在记忆中许久的往事又浮现于脑海，清晰得好像只是昨日才经历的场景。

我的家乡位于豫西的一个小山村，交通闭塞但风景优美，贫穷落后却民风淳朴。幼时，每逢腊月二十五，全家人定要赶回老家共庆新年。白日里，村里人走门串户，到处都喜气洋洋，好不热闹。一到晚上，凛冽的寒风裹挟着冰雪纷纷扬扬落地，家家户户都早早闭门，燃火取暖。

此时偌大的村庄里安安静静的，只有窗户里洒落出的点点灯光证明人们都在家中。

那时候，老家尚没有电视，也没有如今的打牌风俗，就在屋子里生一大盆炉火，全家人围坐在一起闲聊，聊今年的收成、家事及趣事。夜深了，门外寒风呼啸，门内则温暖如春，家里人也往往没有睡意，人与人聊天似乎有黏性，一句接一句，没完没了不知疲倦。这时，祖母就会颤巍巍地走进里屋取出一个篮子，从里面拿出十几个又大又红的甘薯当做夜宵，围坐之人都红光满面，脸上洋溢着喜色，分好各自的甘薯后就埋在火炭的灰屑里，火光映射出每个家庭成员的笑脸，那场景总使我觉得有一种不真实的美好。不多时，甘薯的香味就混合着人们的笑声充斥了整个房间，贪婪地吸一口，已然觉得心满意足了。更不消说，烤得熟透之后，捧着那滚烫的果肉该有多美好，轻轻咬一口，其美味胜似满汉全席。

儿时过年的夜晚几乎都是以这样的美味加热闹而度过的，那些冬天里的烤甘薯驱走了寒冷，带来了温暖，是温馨大家庭的一支幸福添加剂，给我留下了最美好的回忆。

如今，每次回想起那些旧时光里的烤甘薯，我的心都会被幸福的感觉塞满。

所以，我快速地走下天桥，买下几个烤甘薯，暖暖地抱在怀里，像是遇到了多日未见的故友，心中无来由地获得了一种极大的满足。

那山、那人、那树

山在老家的前面，海拔不超过二百米，普通得连一个像样的名字都没有，当地识文断字的人望"山"生义，为其起名"半个山"。

打我记事起，山就一直荒芜着，那些树根发出的幼苗，大多要么被割草人当草一样地割了，要么被牛啊羊啊这些牲畜吃掉了，偶尔长成了一棵小树，到了冬天，却也被拾柴的孩子"捡"去了。所以，山上除了一岁一枯荣的野草，除了一堆堆褐色的石头外，几乎什么都没有了。

十几年前，也有本地人承包过那山。不过，山上大面积种的都是庄稼，有小麦、玉米、花生和红薯，只有几块地种了些梨树和苹果树。遗憾的是，没过几年，承包人外出打工后，山上的果树也尽毁了。村里人都感到可惜。山上没有了树，路过那里的每个人心里都不舒服，都有一种失落感。直到去年，有外地人承包了那山，山才真正旧貌换新颜了。

外地人名叫魏攥上，六十多岁，大眼睛，中等身材，走路跟风似的。与人说话，开口就笑。听村里人说，魏攥上的父亲年近五十才添了他这个儿子，大喜过望，就给他取了这么一个饱含激励和期望的名字。

魏攥上承包那山，与先前的承包人恰恰相反。他以种树为主业，以种庄稼为辅。他先雇来人手，用挖掘机和人力修了三条大路：一条通往半个

第一辑 莲子已成荷叶老

山山顶，一条提通往山底的水库，一条从山腰通往山后，并且，在所有路的两旁都载上了一人多高的柏树。接着，他又投资了近二十万元，在山顶建了一个三间房子一般大小的水塔，把山底下西坡水库里的水引到了山上。然后，在山上、山下几千余亩肥沃的、贫瘠的土地上载上了新品种核桃树。就这样，乌鸦一夜成凤凰，荒山一下子变成风景区了，连祖祖辈辈居住在山下的故乡人也不敢相认了，心底里产生了这样的惊叹："这是我们的家乡吗？"

前不久，我和父母再次来到了半个山，沐浴着清凉的山风，望着那满山的树，望着那满山的绿，那飞翔的鸟，以及万树丛中隐隐露出的简易房的一角，内心不由对包山人产生了一种深深的敬意。我想：只要这样的人多了，人类赖以生存的家园就一定会越来越好的。

莲子已成荷叶老

"树欲静而风不止，子欲奉而亲不待。"万物依旧，世间涛走云飞，又是一季花开花谢。时光来来往往，脚步匆匆忙忙，迷失的是脚步，还是心灵？

"慈母手中线，游子身上衣。临行密密缝，意恐迟迟归。"曾经，父母给了我们全部的爱，在我们享受父母送给我们快乐和幸福的时候，我们幼小的心中都升起过纯美的感恩的承诺。可那美好稚嫩却又坚定不移的承诺，真正兑现的又有几个呢？长大后，我们为工作行色匆匆，为生计奔波忙碌，我们忘记去关心父母，忘记兑现承诺，但总有理由去自我安慰，认为父母会体谅。可岁月不饶人，若不想在树欲静而风不止时忍受良心的折磨，那就在无法补救之前去回报父母。

人越亲近，越被伤害。以烦恼伤害自己，以忧伤伤害父母。儿女永远是父母爱下的罪人，所以穷其一生，我们都要背负着人生的十字架启程，那十字架不是别的，而是一颗感恩的心。

想让夜空灿烂，就给它满天星光。带着感恩上路，用一生去体验父母的大爱之情。

生如夏花

山苍苍，水茫茫，人生似乎让人琢磨不透，下一步永远是个未知数，而一切的发生又如此的顺理成章。回首往事，既喜且忧，年少的孩童总以为自身无所不能，像冉冉升起的太阳，注定将光辉洒满世界。随着年龄的增长，才发现自己不过是凡人一个，平凡的人生里没有一个又一个令世人瞩目的奇迹，日子如水流过，波澜不惊。

十个孩子中九个都会有远大梦想，日后他们会发现，梦想与现实之间真的有差距。有志者事未必成，有些梦想根本没有实现的条件。造化常弄人，很多有着像狼一样超强能力的人，却要受无能的羊的欺负。但这不是我们放弃拼搏的理由。"欲得其中，必求其上；欲得其上，必求上上。"我们还应相信，每个人体内都蕴藏着巨大的生命潜能，人人都能做成不朽的事业，有成功的渴望，行动的欲望和潜能才不会被自己扼杀。毕竟，人生就是一段不辍前行且不断成长的历程，世界很大，成功的定义有很多种，在找到你的战场之前，别轻易说自己是失败者。

当外婆去世后，我终于发现生命是如此脆弱不堪，小说里的人物可以一次次被救活，但现实却如此残酷，死亡与人如此之近，面对死亡，人是

多么无力，多么渺小。之后，我常常想，生与死，尊与卑，到底是谁在操纵着这一切？泻水置平地，各自东西南北流，人生的贵贱穷达是不一致的。人的一生究竟怎样过才是有意义的？

当外婆静静地躺在地下，与无尽的黑暗为伴时，我似乎明白了，再爱的人也有远走的一天，再美的梦也有苏醒的一天，太阳照常升起，可一个你所深爱的人，一个有着无比丰富灵魂的人，却永远地离开了你。外婆为人友善，偶尔也会发脾气，她的音容笑貌历历在目，一切仿佛只是发生在昨天，可如今，冥冥之中的冷酷力量操纵了人的生死，不顾亲人的悲痛与号啕，在她与病魔苦苦抗争了四个月零二十天后，依旧无情地带走了她。虽说生老病死是人之常情，但那仍成为一生中结痂的伤疤，一不小心揭起，便是一阵伤痛。生活依旧继续，人们悲伤过后依旧要展开笑颜。这种感觉让人沮丧，原来生命中的每一步都可以这样轻易地删除为零。一切曾经刻骨铭心的爱恨情仇都斗不过时间，不过是一片浮云、过眼云烟而已。既然如此，对于人生没什么可怕了，无论怕不怕，死亡终要来临。人类不知何时诞生于这个星球上，又不知何时走向毁灭，再强大的人也斗不过死亡。

不一样的人生之路，演绎不一样的人生，无所谓对与错。每个人对人生的希冀不一样，对成功的定义也不一样，我们无法让他们接受我们所定义的成功，这不可能也很可笑。譬如泰勒，年轻时的泰勒认为，"一颗钻石要在黑暗的地里磨砺亿万年才能在阳光下闪耀光芒，人生，当然要经历许多波折才能意义非凡"。年老时的泰勒，已被生活碰得伤痕累累，尽管拥有令人欣羡的珠宝、金钱，却渴望没起伏、如秋叶般静静凋落的生活。

有人向往如烟花般灿烂的生活，短暂却炫目；有人向往似水般平静的生活，平凡却温暖；有人追求烈焰般的生活，我行我素，挥洒自如；有人认为颜色不浓，香气很淡的日子才久远。你能批评或赞美哪一种生活吗？对于不同的人生观，价值观，无论是亲友还是陌生人，都应该持包容态度，不要打着爱的名义去妄加指责。你可以不赞同三毛的流浪人生，但你没资格批评她。而爱，是允许他人穿他想穿的衣服，做他想做的事。口口声声为你好，可关键是，为你好，你好了吗？

在凉丝丝的静谧的清晨，人们的锻炼方式会多种多样，只要适合自己的就是最好的。对于一抹缠绵而又朦胧的夕阳，有人赞美，有人伤感，你同样不能断章取义地认为，赞美者即是坚强乐观之人，伤感者即是多愁善感之人，人的性格岂止是双面，岂止是简单的明媚与忧伤之分。

人的生命，对于他本身都是一个永恒的神奇，这也许是生命的最大意义，只要大家各自精彩。

大山脚下的人家

　　我的故乡是叶村，一个美丽的小山村，坐落在豫西山地。相传，村里人由山西的大槐树下迁移而来。叶村的先辈见此地树茂水足，认为是块风水宝地，就在此安营扎寨了。慢慢延续下来的子辈都姓叶，大家住在一起，相互之间有个照应。叶村的村后有三座大青山，中间最高的一座称元宝山，西边略低的那座人称老虎岭，元宝山上有座庙，仅有一位老人看管，不过，逢年遇会时，四面八方的人齐聚元宝山上，好不热闹。叶村三面环山，仅北面没有大山阻挡视野，平原沟壑纵横，一眼望不到天边。

　　我的母亲当初嫁给父亲时只有十九岁，后来相继生了三个孩子，哥哥叶武，小儿也就是我叶文，寓意文武双全，小妹叶青。父亲的祖上也算是知书达理之家，家境也很好，可祖父却是个败家子，游手好闲又好抽鸦片，把家败光了，在父亲出生后不久，被抓去做了壮丁，从此一去不返，再无音讯。祖母恨了一辈子，也等了一辈子，独自把父亲拉扯大，吃了很多苦。父亲能娶上母亲也是缘分，母亲原是土地主家的女儿，家境殷实，但后来因是地主成分，家被抄了，一夜之间从小康之家遁入困顿，应该是更糟，

三天两头还要拉出去批斗，一大家子"畏罪"潜逃。同是天涯沦落人，母亲早早地嫁给了父亲，当时父亲的家里一贫如洗，只有一间破茅草屋和一只勾水吃的木桶。

父亲一心希望家中孩子能读书识礼，可时逢农村大包干时期，家家户户吃饭尚成问题，哪有钱去读书。而大哥叶武真人如其名，果然"崇武"，与村中野孩老是打架，结果不慎被打伤，成了聋哑人，此番又花了不少钱。但父亲十分坚持，先让儿子读，于是我有幸开始了读书生涯。

小时候，家里常常没粮吃，喝野菜汤就黑馒头，可人人都这样，我也没觉得苦，最大的愿望莫过于能吃上白馒头。父亲是大队里管账的，掌管全村的粮食，其他人会暗地里嘀咕，说父亲偷偷往家里拿了不少东西，我们在家吃得很好。其实，父亲为人耿直，队里的一丝一毫从不往家里拿，家里人其实也是天天饿着。他奉行无功不受禄的原则，到村中人家里谈事情，逢到中午，人家留他吃饭他不肯，即使人家把饭放进他手里，他也坚持不喝一口，宁愿回家喝野菜汤。

当家庭联产承包责任制政策实施后，我家又开了许多荒地，日子才逐渐好过起来。

父亲看着开辟的荒地，疼得如同宝贝一般，母亲脸上也洋溢着美滋滋的神气。天蒙蒙亮，我和妹妹叶青就到老虎岭上割草。我喜欢逗这个小大人玩，常常给她讲学堂里的趣事，逗得她咯咯笑，她听着听着就露出一脸神往之情。末了，她神情严肃地说："哥，你好好读书吧。咱家都靠你了，等你走出那大山，再跟我讲讲山那边的新鲜事。"说着用她那干瘦的小手一指，顺着她手指的方向望去，只觉有山苍苍、水茫茫之感，远处连绵的青山在雾气中若隐若现，仿佛连绵不断的褶皱。一道霞光在远处山顶慢慢扩大，红彤彤的太阳懒洋洋地升起，我们不觉都看出了神。

"呀，哥，咱该回家了，可草还没割完，妈该说了。"我低头一看那仅够半篮的草，想起一个主意，把草倒出来，捡几根树枝插在竹篮的半腰位置，再把草放进去，乍一看，跟一满篮似的，就得意地拉起叶青往家跑。刚到家门口，我就大声嚷嚷着："妈，我们割了一篮子草呢。"在灶房里忙活了一大早上的母亲也笑着说："真能干，快去吃饭吧。"

但纸终究是包不住火的，何况牛吃得不饱，父亲一眼就明白是我们偷懒了。

下午放了学，我和同伴就相约在村口的小池塘边，令我们恼火的是，池塘里总有一只大黑猪卧着不走。我们一起上阵，又拉又扯地把猪赶走，然后跳进去就痛痛快快地玩起来，直到天擦黑父亲黑着脸来找我。父亲在前面背着手走，我在后面磨磨蹭蹭地跟着。傍晚时分，家家户户都冒起了炊烟，很好闻的家的熟悉味道，还会听见做好饭的妇人也不出家门，就站在院中大声地喊"皮蛋，回家吃饭"、"黑妞，快回来"。

回到家，父亲就拿过那只竹篮，指着上面的几根棍子说："谁干的，好好交代。"我瞅瞅在一边红着眼睛、小手抠着衣服下襟的叶青，也吓得不敢承认，最后的下场就是我和叶青一人跪一个小板凳吃饭。那时候，瘦高的父亲是威严的，我们都怕他，到了后来，等我参加工作后，才敢反驳他。

寒冬腊月时节，父亲带领全家老少到河边去搬石头，为了垒个地边，这样到了夏天下暴雨时，土壤不会被冲走。严寒时节，我们哆哆嗦嗦地去搬着硬如冰块的石头，地势很糟糕，那块地又在沟的半腰，一来一回很不容易，却不敢有怨言。因为父亲常说："这地就是宝，全靠它养活着一家人，有地种，有粮吃，给啥也不换。"在他心中，没有什么比种地更幸福了。

慢慢地家里有了余粮，父亲看着那几间破茅草屋，下定决心要盖几间像样的房子，我家的新房是父亲总设计，并请村中人帮忙建成的。屋身用石头和土垛砌成，屋顶用瓦覆盖，西面有三间房为住房，南面是厨房，北面为牛棚，总体围成一个小院子，煞是好看。父亲在西面的正房里特地留出一大块空地，放上几口大缸，用来储存粮食。逢麦收时节，我们全家人都早出晚归，可谓"晨兴理荒秽，戴月荷锄归"。临近中午，母亲先回家煮饭，我们把麦捆好再拉回家去，父亲走在最后，捡地里掉下的一两根麦穗。

午饭很少是在家吃的，差不多人人都端着饭碗聚到村里麦场的空地里，蹲在地上边吃边聊，吃完了也不急着走，男子们就把碗给了婆娘，坐在地上抽旱烟，拿烟锅袋往石头上敲呀敲，小孩子们商量着到哪儿去摘桃子、西红柿之类的吃。待颗粒归仓后，父亲看着满缸的粮食，不消说是最高兴了。闲暇时节，父亲就做木活，为家里添一两件家具，母亲就趁机为我们做过冬的棉被。儿时的生活，虽累，却平静而愉悦。日出而作，日落而息。

后来，我考入了师范学院，毕业后成了一名教师，在离家不远的镇上

教书。每逢农忙都回家做农活，中午的无聊时光，就和村中的小伙子打牌打发时光。近几年，我又回到家中，看到村中变化很大。村里已没有多少年轻人，大部分人都外出打工了，这样挣钱更多，好供孩子读书。不过，村里的大学生依旧鲜有几个，大部分的孩子读至初中、高中就也去打工了。村中人的穿着倒越来越时髦，大部分的房子又重建了，二三层的小楼很是威武。

这次回家看见元宝山上旌旗飘动，山顶隐约传来唱歌的声音，还有噼里啪啦的鞭炮声，回到家里，问了母亲才知道那是村中人在祈雨，好长时间没下雨，太旱了。母亲去年不慎摔倒，摔伤了髋骨，走路就不得不依仗拐杖，不然，她也定要上山去参加祈雨大会的。

"邻村王沟，人家说只剩下三个老人在家了。"母亲突然说。我有点不相信，母亲又接着叹息似的说，"年轻的都出去了，上学的上学，打工的打工，老咧走不动的就待在家里。"

看着步履蹒跚的父亲走进来，我又向他提出把田卖了，跟我到镇上住，方便照应。固执的父亲摇摇头，费力地咳嗽了一阵后说："你工作忙，不用操心我们，得空了常回来看看就行了。那地也不能荒，能种点就种点，再说卖也没人要。在家里，我们有事干，也自在舒服。"

乡村的人家晚饭通常很晚才吃好，吃过晚饭信步走向村中散步，偌大的叶村安安静静的，只有几户人家露出微弱的灯光。萤火在草间闪烁，树影在小径上摇曳，看着曾经熟悉的一草一木，往事一幕幕在脑海浮现。回首往事，既喜且忧，儿时的家乡劳累而温馨，现在的家乡富足却寂寞。

记忆中的炉火

我的父母都是在中学教书的老师，故而我在一片教师小区里长大，记忆中的春节没有在电视荧屏中所见的那般热闹与忙碌，而是充满了轻松与温馨。

北方的冬天夜晚，分外寒冷，家中常常是生了炉火，一家人围坐在一起取暖。放年假了，闲暇时间多了，置办好年货就是休息放松的时刻。一家人围在炉火旁，或是看电视或是读书习字，除夕夜也不例外。

除夕夜照例是要守岁的，母亲会在炉火上置一大铁壶，壶嘴滋滋地吐着白气。窗外，寒风呼啸，飞雪洋洋洒洒、铺天盖地，雪粒敲得窗户声声作响，倒是别有一番滋味。父亲的朋友也常拎一瓶酒前来串门。门铃响起，好客的父亲就急着前去开门迎客，门一关，将凛冽的寒风挡于门外，接着，替客人拍掉身上的落雪。母亲从柜中取出珍藏的茶叶，拿炉子上的热水冲开，递与来人，顿时茶香弥漫一室。门铃一阵阵地骤响，不多时，来人多了，家中便分外热闹，聊起家事趣事，往往掀起一浪又一浪的笑声。

夜深了，就取出点心、糖果，有时也拿出红薯、花生放在炉火上烤着吃。一时间，人们的笑声、嗑瓜子的清脆响声及红薯的香味混合为一体，营造出新年的温馨气氛。吃饱了肚子，我和小伙伴就奔出门外打雪仗，堆一个大雪人，放几个爆竹，玩累了，就又兴冲冲地奔回家。

十二点的钟声一到，窗外就响起了噼里啪啦的鞭炮声。我们也取下一挂鞭在雪地里点燃，小孩们捂着耳朵看它燃尽，一团一团的烟雾在空气中飞舞，炮火的味道非但不让人觉得刺鼻，反而让我们嗅到了新年的气味……

第一辑　莲子已成荷叶老

除夕之夜

　　幼时过年，图的是团聚。一到放年假的日子，父母就收拾好物品带上我回祖母家过年。乡村的年下，比起往日，多了份热闹与闲适。白日里，祖父好和村中老人在温暖的阳光下晒太阳，祖母与家中妯娌们在灶间忙活，晚上，一家人就围坐在火盆旁，取暖闲聊。

　　除夕之夜，按习俗是要守岁的，自然不能早睡。大雪纷飞，雪花洋洋洒洒地覆盖了村郭，家家户户房门紧闭，将寒冷隔挡于门外，留下室内的温暖。村庄是安静的，只有雪粒敲打窗棂发出的忽大忽小的声音。

　　一大家子人，难得一聚，自然要趣事逸事天南海北地聊开。男子们常常打一会儿纸牌取乐，小孩儿穿得像一个个棉花球一样，在院里打雪仗、放爆竹，不多时，就会又风风火火地冲进门里拿果子吃。

　　夜深了，祖母招呼着孩子们进屋，拿出一个大篮子，从里面取出红薯、花生放在火盆边烤着吃。还支起一个乌黑的小铁锅，放进小半锅玉米粒，炒玉米花来吃，玉米花时时爆破的声音常引来小孩子们一阵欢欣，不顾烫手就抢进口中。

　　火红的炭火映衬着家中人红彤彤的笑脸，甘薯的香味混合着笑声溢满整个堂屋，祖父在一旁乐滋滋地吸着烟袋锅，眼睛都眯成了一条缝，老人最大的心愿莫过于儿孙满堂、承欢膝下了。

　　待孩子们眼皮直打架时，门外响起的鞭炮声提醒着人们守岁的时间终于到了。祖父也拿起一挂鞭放开，小孩们重又欢喜雀跃地放炮，又紧张又害怕，噼里啪啦的声音划破了乡村的寂静，也唱出了人们对新年的期盼之情。

守望的母爱

方正的家位于一个闭塞的小村落，一九八七年凭借优异的成绩，他考入了公费的师范学院，终于走出了大山，走出了生活了十六年的山村——阳谷。

阳谷村在大山的深处，从镇上需经过一条条山沟才能到达这个小村。一条不足一米宽的土路从镇上歪歪扭扭地延伸着通向阳谷，这条土路逢雨雪天就一片泥泞，脚陷进去再拔出来就带出一鞋泥巴，路上有两条深深的车辙印，那是牛车经过的缘故。远远地能看见小村的一角时，你就可以细细地观察这里的地形，路对面隔着一条又宽又长的山沟是一个半大的山丘，翻过山丘就到了阳谷村，村中人为图近路常走山沟，攀石沿缝，经年累月，倒也走出了一条小道。为了安全走大道，就正好需要绕一个向右倾斜九十度的"V"形，大道两旁，一边是山坡，一边是沟谷，山坡上略为平缓的地方上也种上了庄稼，方正每次经过时，都要停下仔细地瞧瞧母亲是否正在上面劳动。

方正的母亲是个勤劳的老人，她身体瘦瘦的，骨节分明，个子矮矮的，脸上布满又密又深的皱纹。自打方正有记忆时，母亲仿佛就没休息过，在灶间、地里、猪圈之间不停地忙活。

接到通知书那年，方正才十六岁，他正牵着牛往家赶。远远地邮递员叫住了他，给了他一封挂号信。方正疑惑地接过一看，是师范学院的录取通知书。方正望着远处连绵不绝的山峰，布满晚霞的天空，心脏怦怦直跳，他简直想大吼一嗓子。按捺着喜悦回家告诉了父母，父亲翻来覆去地摩挲着信封，腰间尚系着围裙的母亲高兴得脸都皱成了核桃皮。

当天晚上的晚饭，吃的是面条饭，母亲特意放进了一些平日里舍不得吃的黄豆。方正坐在小凳上滋滋地喝着汤，母亲坐在堂屋的门槛上努着嘴沿着碗边转动着吸汤，母亲喝得很快，这是多年养成的习惯，家里还有一

堆杂事等着她去做呢！看见了豆子，母亲就夹起来放进方正的碗里，方正嚼着黄豆，觉得香甜味美。母亲喝完了汤，把碗底剩余的少许黄豆都放进方正的碗里才起身走开。而今，方正每次想起母亲从稀少的面条中夹黄豆给他的场景，心里都酸疼得厉害。

考入师范，学校会派车来接，阳谷村太偏僻，方正得走到邻村才能坐车。第二天天刚擦亮的时候，母亲就起床到灶间忙活，方正透过狭小的窗户看着黑漆漆的外面，听着尖锐嘶哑的鸡叫声，翻个身，一觉一觉地打盹。听着母亲在牛棚一边喂牛一边唤他"正娃"，才答应着下床了。

母亲把烙好的五个大油馍装进他的行李袋，并叮嘱他要一天吃一个，又取出家中最好的两床被子。方正看着母亲佝偻的背影，再想起要离家四年，突然就很难过，想做点什么驱散内心的恐慌感。母亲整理好了他的行李，就去灶间为全家人做早饭。方正看见水缸里没水了，就担起水桶去村外勾水。吃水难一直是阳谷村的大问题，拐过大门口时他不经意地瞅向灶间，看见炉灶里正在燃烧的柴火噼里啪啦地响，从中冒出了更多呛人的烟，瘦弱的母亲淹没在浓厚的灰烟中，方正的心里越发堵得厉害。方正来来回回跑了好几趟，一直把水缸里的水挑满，估摸着够吃一阵子后，心里才稍稍宽慰些。

吃罢晌午饭，太阳已经略偏西了，父亲破天荒地露出了满意的笑容，一边吸烟袋锅，一边叮嘱着方正去学校要注意的事项。烟袋锅忽明忽暗，一口又一口烟从父亲的口处徐徐吐出。方正不喜欢烟，但一点也不反感父亲身上的烟草味，那种旱烟的味道反而让方正感到一种熟悉的温暖。后来，每逢在街上看见蹲在墙角吸旱烟的老人，方正都忍不住驻足，行好一会儿的注目礼，细细品摩那洋溢在脸上的休憩的愉悦。

唠叨了一阵，父亲去地里了，庄稼还等着要锄草。方正说我该走了，母亲又盛了一碗面汤让方正喝，方正听话地仰脖子咕嘟咕嘟咽着。汤很甜，放了糖，那是因为年尾的时候村医说母亲血压低，父亲从镇上买了一小袋糖让母亲喝的。方正知道母亲腿脚不利索，态度分外强硬地不让母亲去送，好说歹说母亲答应说送到村头。方正背着大包，在村头冲母亲摆了摆手，喊道："娘，回去吧。"方正不敢回头，想着瘦小的母亲，破旧的老宅，心里暗暗憋着一股劲，要努力混出个人样来，早日让二老享点福。

方正听母亲的嘱咐，走了大路，拐过了"V"形的山坡，再往前过了那个拐角，就看不见对面的山村了。方正忍不住扭头侧身回望，这时，他看见一个黑点在山谷对面山坡的一块平地上，是母亲！她翻了一个小山坡目送儿子来了，午后温暖的阳光照在母亲的后背上，母亲双手交叉着放在腰的位置，枯黄干燥的头发在风中飘着。山坡上裸露的黄土地泛着光泽，对面的天地之间仿佛只有母亲一个人孤零零地伫立着，那么渺小，那么执著，那么刚强，那么高大！方正的眼泪溢满眼眶，止不住地往下掉，泪水混合着鼻涕布满了脸颊。多少年来，那个场景每次浮现在方正眼前都清晰无比，他甚至可以想象年迈的母亲怎样蹒跚地翻过山坡，只为送送最小的儿子，其中包含了多少无言的母爱。无论何时何地，只要方正想起那静立在风中的母亲都忍不住泪流满面，他多想有朝一日通过自己的努力让母亲不再那么劳累。方正知道母亲视力下降了许多，看不见他脸上的泪水，所以他让泪水放肆地流，强自镇定地伸出手向母亲摆了摆，颤着音大喊了一声："回去吧，娘，我走了。"

刚走过拐角，方正一下子转身，向母亲站的地方跪了下去，他只能通过这种方式表达心中最强烈的感情。在大学里，方正丝毫不敢懈怠，临别的那一幕场景时时激励着他。

一次，方正在书上读到一句话，"该回家的回家，该流浪的流浪"，方正想，我不要流浪，我要回家。家在哪儿？母亲就是儿子的家！

第一辑 莲子已成荷叶老

第二辑

拥有一颗感恩的心

夏夜听雨

我最喜爱的一首词，是少时读的蒋捷的《虞美人·听雨》。

"少年听雨歌楼上，红烛昏罗帐。壮年听雨客舟中，江阔云低、断雁叫西风。而今听雨僧庐下，鬓已星星也。悲欢离合总无情，一任阶前，点滴到天明。"

从此，就爱上了听雨，尤其是夏夜听雨。我居住在一个小镇上，小镇不繁华，一到晚上就寂寥无人，更不消说是在下着小雨的晚上了。站在阳台上，打开窗户，窗外，夜色笼罩着大地，透过灯光依稀可见地面积水中泛起阵阵涟漪。微风拂来，带来丝丝凉意，任凭雨水打湿发梢，也舍不得挪步。看着雨水沿着玻璃蜿蜒而下，心中的一切喧嚣便都归于平静，吹拂着泱泱夜风，一切不快与烦恼也都随风而逝。

夏日的暴雨无疑是令我讨厌的，云雷滚滚、暴雨冲洗地面的场景往往令我胆战心惊，我喜欢夏夜淅沥的小雨。有人说，思考从晚上开始，我深有同感。深默凝坐，心绪飞扬，如同鸟儿飞出窝巢。

儿时坐车回老家，也是一个下着小雨的夜晚，看着窗外的平原沟谷，窗内的老老少少，竟恍若有隔世之感，第一次思考起了时间、死亡的话题，心里涌出隐约的不安与恐惧，突然觉得活着是一件多么幸福的事情。后来求学在外，是在高考将近的一次晚自习，坐在教室靠窗的位置，望着面前一摞摞的书本，莫名地烦躁起来。这时，手臂传来一阵凉意，不知何时窗外已下起了淅沥的小雨，望了一会儿雨，出了一阵儿神，再回头看见满室埋头苦读的同学，竟有为同一个梦想而奋斗的感动溢满心间。顿时，心如止水，继续遨游书海。

翻阅唐诗宋词，鲜有描写夏夜之雨，偶有涉及，也多与愁绪分离不开。对于我来说，夏夜听雨给了我思考的时机，日常生活中，我们的脚步日益匆忙，心灵渐渐迷失，何妨在滚滚红尘中停下脚步，听一场夏雨。它将是我们心灵暂时歇脚的地方，也是再次起步的台阶。

伊水之滨

"蒹葭苍苍，白露为霜。所谓伊人，在水一方。"

我爱这首诗，也爱琼瑶所写的《在水一方》，爱屋及乌，距家不远的伊水之滨是我的最爱。

我住在一所中学里，这个中学在一个并不繁华的小镇上。距学校东方两里地是伊河，相传是殷商宰相伊尹的出生地，那是我最常去的地方。

走出校门，慢慢向东踱步，可见田野中伫立着一所乳白色的教堂，不知何时兴建，但它是我到伊河的必经之所。我不信仰宗教，但我喜欢它的建筑风格，高大的十字架静静插入云霄，如泣如诉，这也是一道动人的风景。偶尔经过时，里面还能传出老太太们虽不动听却悠扬的歌声。

再向东走，穿过一道窄窄的涵洞，便可见一条幽静的小径。小径周围都是密密麻麻的大树，参天摩云，光线从那层层叠叠的树叶之间渗透下来，丝丝缕缕洒落在草地上，幽深僻静，可谓曲径通幽处，便无车马喧嚣，小道两边溪水潺潺，煞是动听。

每当步行于这条小路，那首歌——《走在乡间的小路上》，总会浮现于脑海，不知不觉间就会轻声哼唱出来。

"走在乡间的小路上 / 暮归的老牛是我同伴 / 蓝天配朵夕阳在胸膛 / 缤纷的云彩是晚霞的衣裳 / 笑意写在脸上 / 哼一曲乡居小唱 / 任思绪在晚风中飞扬 / 多少落寞惆怅 / 都随晚风飘散 / 遗忘在乡间的小路上"

若听见河水淙淙之声，就离伊河不远了。爬上一道小土坡，可见一条宽而浅的白练自北向南穿过，岸边有数不清的鹅卵石，石子之间偶有几处沙堆，沙细而软，是晒日光浴的好处所。河水对面有一排排挺拔俏立的白杨树，树林后面是一个小村庄，村子之后有一座铺满草甸的青翠高山，天空晴朗之时，山上的庙宇、大树清晰可见，甚至还可以看见山身上的三个大红字——三清山，据说是殷纣王之子殷蛟的归隐地。

第二辑 拥有一颗感恩的心

风和日丽之时，携本书至此，坐于沙滩上看书，自觉神清气爽。或掩卷而卧，闭目打个盹，听风声、鸟声、水声，或仰望天空，阅读彩云，聆听鸟鸣，任凭想象插上双翅飞驰到远方。

小雨淅沥之时，撑一把小伞沿鹅卵石而走，斜风带着细雨飘向脸颊、手臂，带来丝丝凉意，心中竟傻气地高兴。举目四望，烟雨蒙蒙，水气缭绕，三清山在云雾里若隐若现，树林上空蒙上了一层轻纱，河水上水波涟漪，有一股朦胧之美。

安徒生童话书里有这样一个故事，有一个国王，他的王后美若天仙，一年年过去，国王年迈，而王后却青春永驻，岁月不曾在她身上留下印记，国王很奇怪。令国王苦恼的是，王后每个月都会失踪一天，不知所踪。有一次疑心的国王偷偷跟踪王后，发现他的妻子竟走出了宫门，走了许久，来到一条小河边，轻解罗衫，步入河中，缓缓沐浴，王后长发如瀑、面容如婴儿般放松，天色将暗时，再上岸穿戴好衣裙回到皇宫。

国王在暗处被妻子惊心动魄的美所深深震撼，也明白了妻子永葆靓丽的法宝，每天到大自然的怀抱里躺一躺，呼吸清风，分享阳光，聆听天籁，忘却俗尘杂念，与自然合二为一，这是最好的养生之道，自然有不老回春的神奇魔力。

故事美好而动人，我信赖不已。所以，一有空闲就步至伊水之滨，有时挑拣一些五颜六色的石子当艺术品，有时在岸边摘一捧野菜，身心愉悦，心灵舒展，物我两忘，疲惫困倦一扫而空。

伊水之滨，我的精神伴侣，心的归宿地，我的最爱。

伊河里的宝贝

伊河是故乡的一条大河。它发源于栾川，注入于洛水，全长 368 公里。

静静流淌的伊河里，有鱼、虾和河蟹，也有鳖、龟和水蜗牛，而今，人们在伊河里又发现了两种宝贝——桃花水母和黄蜡石。

夏天，你到伊河游玩，在水面平缓的河水里，你仔细观察，就会看到一些像"小伞"一样的东西在轻轻游动，这些晶莹剔透的小精灵呈圆盘状，直径不足两厘米，细细的触须柔软如绸，裙边随水波上下浮动，这些水生物，就是最早出现于五亿五千万年前、被国家列入世界最高保护级别名录的"水中大熊猫"——桃花水母。

除了桃花水母，伊河里的另一种宝贝就是颜色、形状各异的奇石了。在那五彩缤纷、数以亿计的河卵石当中，有人拣到了梅花石、荷花石，有人拣到了竹叶石、河洛玉，还有人拣到了价值不菲的黄蜡石。这种石头，质地坚硬，石表润滑细腻，色彩纯黄，耀人眼目。其形状像佛、像山、像动物，千姿百态，惟妙惟肖，令人叹为观止。而久经把玩的黄蜡石，包浆滋润，极富灵气，更是可遇而不可求。正因为其稀有，一块拳头大小的黄蜡石目前在市场上售价高达三十万元。

伊河两岸秀丽的风光让人迷恋，水中丰富的物产令人称羡，但伊河里的宝贝更令人拍案惊奇！伊河也必将因这两种宝贝的出现而声名鹊起。

"吃书"的日子

  我出生在一个教师之家，父母都是教师，家中不甚富裕，可谓穷得只剩下了书，举目四望，家中最多的就是书架上那一排排错落有致的书籍，所以但凡来到我家的同学，都笑称我为"书香门第"。

  记不清我是从什么时候开始痴迷于读书的，或许开始于幼时母亲递给我的第一本书——《三毛传》，从此一发不可收拾。所谓喜欢一件东西久了，就会上瘾，我便与书谈了一场忠贞不渝的马拉松式恋爱。有人说，一个人的阅读史，就是他的精神发育史，所言不虚，现在我一直梦想着畅游世界，大概就起源于三毛，那个谜一样的女子。

  我不知道别的小孩子的童年是如何度过的，但陪我度过一个个寒暑假的是书架上的那一本本书。现在犹清晰地记得儿时踮起脚尖、费力地从书堆里抽书的情景。每得到一本好书，就急不可耐地迅速读完，以至于现在我的阅读速度相当快，虽比不上贾宝玉的一目十行，但倘若与他人共读一书，我定会急得如热锅上的蚂蚁。虽然我住在一个相对闭塞的小镇，可凭借书，却了解了世界的风土人情，真可谓"秀才不出门，便知天下事"。

  家里的书多而杂，有情节跌宕起伏的小说，也有优美深刻的散文、抽象晦涩的诗歌。我最爱读的莫过于名人传记类的文章，人的生命不可能有两次，许多人连一次也不善于度过，我想通过名人曾经历的故事吸取教训、启迪我更好地生活。看武则天的一生，真是荡气回肠，让我深知人生有跌宕起伏，人生有爱恨情仇，但谁也不能操纵强者的命运。而袁崇焕如烈焰般的一生，有令我眼羡的我行我素的性格、挥洒自如的作风。最激人奋进的莫过于曼德拉，他传奇的一生揭示了生命中伟大的光辉，不在于永不坠落，而是在坠落后能再度升起，潜移默化地养成了我今天不轻易服输的性格。

  汨罗江畔的屈原，抗金前线的岳飞，火刑中的布鲁诺，安乐椅上的马克思……这些人为了普天下人类的幸福，而献出了毕生的精力乃至生命，读他们的传记，会瞬间点燃起我内心的奉献之情，希望有一天也能沿着前辈的足迹实现人生价值。

晚清和民国时期的读书人，往往嬉笑怒骂，恃才傲物，任性而为。如辜鸿铭大辫长袍徜徉北大校园，逻辑学家金岳霖与鸡共餐……每读至此，都不由让我会心一笑，继而萌发起"走自己的路，让别人去说吧"的豪情。

读书虽好，但一定要读好书。好书是益友，近朱者赤；坏书是损友，近墨者黑。马克思说："所有的价值最终都只剩下时间，时间会滤去所有跟风的作品，最终只留下一部或几部体现时代精神、关注人类和人生的作品。"这样的作品凝聚着时代的精华，使人睿智，可凡是伟大的作品，初看时必让人觉得不十分舒服，需要你沉下心细细品味。

当今的世界无限广阔，诱惑也永无止境，社会上充满着机会与压力，机会诱惑人去尝试，压力逼迫人去奋斗，心灵的宁静颇不易得，难免会覆盖上一层厚厚的尘埃。这时，不妨打开《瓦尔登湖》，了解一下它的作者——梭罗，他毕业于哈佛，却逃离了热闹的都市，来到了优美的瓦尔登湖畔，搭建木屋，开荒种地，看书写作，过着简朴而原始的隐居生活，以求得心灵的自由。我们不必效仿他的做法，但可以阅读他的著作，让那优美的文字如溪水般缓缓流过心房，带走喧嚣与躁动，以求得暂时的宁静，让心停下来歇歇脚。

人类几千年的文明靠书而延续至今，现代的许多成就也是站在前人的肩膀上才得以铸就。赫尔曼说，世界上任何书籍都不能带给你好运，但是它们能让你悄悄成为你自己。"吃了"这么多年书，如果有人问，书带给了你什么？我会这样回答：其一，带给我理性的思维方式，在书上看了那么多悲欢离合的故事，我的思想日益成熟；其二，安心地看书，使我的心灵充实而丰盈，同时，远离了喧嚣与浮躁，让我有了厚积薄发的资本。

第二辑 拥有一颗感恩的心

夕阳

一日之计在于晨，可我偏爱黄昏，它犹如一本厚重的大书，耐人寻味。

我住在二楼二室一厅的房子里，楼后有三五棵小树，枝叶刚够伸到后阳台的玻璃上，树影婆娑，令人喜爱。下午回到家中，已近黄昏，夕阳的光透过房后树叶星星点点地洒向客厅，室内的家具、台灯都镀上了一层黄色的光芒，微风拂来，光随影动，我竟看呆了。这时，我往往坐在沙发上，什么也不做，静静地看落日，它像一位已至暮年的老人，温和而不耀眼，你尽可以微笑地直视它，而不必担心眼睛会被灼伤。夕阳无限好，只是近黄昏。倏忽间，刚刚还靠在山尖的落日像是体力不支似的，一瞬间就掉到山的另一边，光线一下子变暗淡了，速度快得令人咂舌。

人的一生，犹如一天的太阳，日出日落，生老病死。一代代，一天天，人类生生世世繁衍不息。

相较于朝阳、午阳，我喜爱夕阳，它使我沉思，陷入回忆，有些许伤感却倍感充实。

儿时离家很远去上学，早上的时间总不够用，慌慌张张，一路小跑。午后上学，太阳当空，我总懒洋洋地踱着步子、踢着石子走。下午放学，情景则大不一样，我随行一群小伙伴，叽叽喳喳的声音落一路，没有了上课的烦恼，老师的唠叨，心里轻松又自在。穿过小桥，总能看见小河边三三两两的妇女挽起裤腿在洗衣服，夕阳随着我时快时慢，一直伴我归家。那段时间是我一天中最快乐的时段，也是我童年印象最深刻的时光，虽然没有什么惊心动魄的大事，但那温馨的场景却一直挥之不去，那大概也是我喜爱夕阳的溯源了。

有一次，黄昏时分，我在操场上散步，看见一棵高大的树上一片落叶晃悠悠地飘落下来，一头栽到地上，心底顿觉被什么东西触碰了一下，涌出说不清道不明的复杂感觉，脑海中却浮现出了两句话："生如夏花之绚烂，死如秋叶之静美。"

唐诗宋词中，描写有夕阳之景的近乎一半，但大多与思乡、惆怅之情分离不开，可我赏夕阳，却并无愁思，只是心情越来越平静。

我们的生活节奏倘若慢一点，每天对着夕阳剖析一下灵魂，岂不更有诗情画意？何妨在下班后抽出一点时间和家人看一场并不华丽的夕阳，让心情恬淡安适，松弛有度，第二天才能更好地踏上人生的征途。

秋雨拣石

天刚蒙蒙亮，我就被一阵急骤的雨声惊醒，侧耳细听，忽急忽缓，一片哗啦啦之声。这是入秋后的第一场雨，闭眼静躺，从开着的窗户中飘来一股泥土的清新气息，我贪婪地吸了一口，久违的清爽弥漫肺腑。

一阵阵风从窗户外送来，带来阵阵凉意，我忍不住裹紧了毛毯。大概因我是秋季出生的缘故，听着秋雨落地的声音，心里莫名感觉安全与舒适，它好似儿时的摇篮曲，一声声催人入眠，枕着雨声，我复又蒙眬睡去。

八点钟时，雨下得小了，父亲很是愉悦地提出，经一夜秋雨冲刷，奇石都现出原形了，这是到伊河边拣奇石的好时候。父亲好奇石，不知何时，家里已摆满了大小不一的石子，父亲送给儿女的礼物也很奇怪地变成了石头，我们也只好"欣喜"地收下。

不过，在我看来，实不觉那些其貌不扬的石头有任何奇特之处，用来砸核桃吃倒用处颇大。爱好是情感寄托的方式之一，父亲有此爱好，儿女当尽力支持，再看父亲满脸期待地邀请我去，不忍扫他兴，取上雨具，我们就向伊河漫步而去。

雨仍淅淅沥沥地下着，但沙石混合的小路上没有任何泥泞，只是偶尔有一两处积起一小片雨水，上面泛起圈圈涟漪。小路两边树木夹道，那树木一排排、一列列向远处漫延，树木之间低矮的草木茂盛，经过秋雨的洗涤，苍翠得可爱。向远处望去，视野清晰而辽阔，大自然的一草一木都分外干净，不远处高耸的九皋山笼罩在白色的云气之中，云雾一层层向山顶爬去，真可与人间仙境白云山相媲美。

不多时，我们到了伊河边，放眼望去，一大片石子铺沿而去，引领着一股混合着泥水的小河蜿蜒向西奔去。父亲打着伞步入雨帘，我在后面不紧不慢地跟着。他时不时弯腰细细端详，不时地捡起几块石子放进溪水中清洗一下，再仔细琢磨，并指着石头一一向我介绍，这是河洛玉，那是黄蜡石，只不过太小，还拿起手电筒照射，果见石子是透明的，他顿时兴奋起来，像小孩子寻到宝贝一般边走边嘀咕。

每次来到伊河边，不知为何我总会想起川端康成，这景物犹如他笔下流淌的文字，一尘不染，清新脱俗，我的思绪就不受控制地像漫天飘洒的雨纷纷扬扬弥漫开来。

接近午时，父亲才意犹未尽地准备打道回府，他拣到了一块红艳欲滴的大石，约有三四十斤重，还有五六块奇形怪状的石头，乐呵呵地要全带回家。我看那大石，十分不乐意，劝他放弃，父亲正色讲解道，这是不可多见的鸡血石，以往来了许多次都不曾发现，这可是宝贝。

于是在秋雨之中，我们扛着这些石子回家，雨一会儿又急了，噼里啪啦敲在伞上，如一曲气势磅礴的交响乐。期间，有一只蜜蜂也来凑热闹，飞在我的伞下，怎么赶也不走，跟着我的步伐亦快亦慢，执意与我共趁一伞，后来见它并无恶意，我这才稍稍放心。父亲倒呵呵笑着，还背起了初中课本里描写蜜蜂的文章——《荔枝蜜》："多么可爱的小生灵啊，对人无所求，给人的却是极好的东西……"我哭笑不得，心却释然了不少。

回家的路上，教堂响起了歌声，悠扬的歌声穿破空气传入路人的耳朵，虽然听不懂歌词，但心情却被深深地感染，步伐也轻快了。

放松身心去享受生活，才能品味出平凡生活中的乐趣，在秋雨中拣石，蓦然发现，我的生活也充满了诗情画意。

探险鹤鸣峡

考试结束了，我决定去探险游历一番，顺便完成我的成人礼。没有什么比探险更能证明我是一个男子汉了，我已经长大了。有点狂妄与妄想的我，认为只要敢于尝试、努力，一切皆有可能。青年嘛，就像冉冉升起的太阳，注定将光辉洒满世界。

经过努力，我找到了一个合适的地方——鹤鸣峡。它地势险峻，风景秀丽，是纳凉避暑的好地方，当地县政府将把它建设成一个"AAAA"风景区。

打点好背囊，早晨将近八点，我就出发了。经过闹市区时，因为特殊的装扮——T恤衫，长薄牛仔裤，网球鞋，还带有太阳镜，遮阳帽，背上背个大大的背包，引来很高的回头率。

不多时，我就到了郊外。经过一座教堂，一片树林，踏上一条窄窄的小路。路的尽头，有一处河滩，水流得很缓，水位也不深，我打算趟河而过。脱去鞋袜后，下水了。到河中心时，才发现水到大腿部位，还有点急，索性取下登山杖，一手提鞋，一手握杖，还算顺利地过去了。过河后，来到水泥路，很平坦。进入一个小村子，天太热，路上除了几个乘凉的老头、老太太，没有什么人。再经过几个村庄后，路边有两排大树，凉爽极了，路两边，一边是高大山坡，一边是河滩，鸡蛋般大的石块铺满了河岸，在灼热的阳光下泛出白色的光芒。走了将近三个小时，在一个路口分叉处，终于看见一块牌子上注有"鹤鸣峡风景区欢迎您"。

继续前行三十分钟，穿过一段隧道后，来到风景开发区入口处，有几位上身赤裸的民工正在干活，看了我，也没什么表示。空地上有一个刚建好的旅馆，还没营业，一堆沙、一堆砖。尽管已是又累又饿，我仍忍着前行。

穿过一个廊子，我看到一个水库，登上大坝，只见水库里一点水也没有，而前方有浓密的树林。绕水库而行，穿枝扶叶，越走越凉爽，索性取下太阳镜，遮阳帽，沿着石砌台阶拾级而上，路两旁有溪水叮咚作响，阳光穿过枝叶，

在枝叶上轻盈地跳起了舞。到了台阶尽头，发现一处高达二十余米的悬崖，下面十余米长的路段铺有木质石阶。此处地势陡峭，几乎垂直向上。这可难不倒我，登上这木质台阶，我发现这悬崖竟是直上直下，放下背包，取出飞铁爪绳，又把包背上，用腰带把包与身体束紧，带上全指手套，投了好几次，才将飞铁爪绳投向悬崖凸出的地方。铁爪挂稳之后，我双手抓紧飞铁爪绳，两手交替，屈臂上拉，两腿弯曲，双脚蹬崖壁，两手交替向上蹬踏。汗水顺着脸颊流进嘴里，滴在衣服上。越往上，风越大，越凉爽，我丝毫不敢懈怠，牙齿咬得能听见声音，终于爬了上去，衣服湿了大半身，心里却充满了自豪感。

　　山上风很大，树却很少，放眼望去，前面是一面大湖，湖尽头有浓密枝叶，仿佛桃花源入口处，可惜没有船飘荡其中。从悬崖下来，绕湖挂杖而走，不时有锋利枝叶划破裸露的胳膊。终于到湖的尽头，那儿有一处沙地，蜿蜒向深处延伸，两边高大峭壁，我已筋疲力尽了，费力将网吊床固定在两棵树之间，又取出一块方巾铺在地上，取出背包里的牛肉干、法式小面包、巧克力、两个苹果、一只小型烤鸡、水壶、一瓶清酒，开始享用美餐。先喝水壶里的水，只觉一股清凉由喉间而下，舒服极了，清酒瓶不好开，不过幸好带了瑞士军刀。吃饱喝足了，我坐在吊床上一边听音乐，一边用创可贴包扎胳膊的划破处，还好，伤口也不深。快乐隐藏在痛苦背后，这话一点不假，这也是我一路上忍饥耐渴的原因。将吃完后剩下的垃圾装进塑料袋，放进背包（保护环境，人人有责），整理一番，我又开始上路。

　　越往前走，风景越加绝美，小路幽深，路更险，一面是河谷，一面是悬崖。悬崖上铺有木质桥，否则我还真无法通过呢。沿着悬桥走了不远，又是台阶，待跨过"渡仙桥"，来到一面绝壁下。崖壁为页岩层，也有十几米高，呈弧形，两边俱是山坡，此处当是蹦极的好地方了。有一条小溪落下，珠玉四溅。优质山泉不可浪费，重将水壶灌满，开始攀登。无奈试了几处，也无法将飞铁爪固定好，只好取了两把匕首，插于峭壁上。页岩一层一层的，较好攀登。两手持匕首交替向上高攀，两脚蹬峭壁，曲臂引体。但将近顶部的弧形处，费了好大劲，擦破了胳膊才上去。上面只有一座亭子，已到了最高处。小憩之后，自己送自己一块小石头，作为成人礼，就沿路返回。上山难下山易呀，不多时已来到山口。天色已暗，好在回路多为下坡的水泥路。我取出滑轮，自由驾驶，耳边风声呼呼，树干飞速后退。我如风一般地回家了。

　　真是又劳累又刺激的一天。

我眼里的秋天

　　一年四季之中，我独爱秋。书上说，秋季出生的人更易长寿，秋季也是养生的好时节，偏我又生于九月，自此，我对秋的喜爱又添了几分。

　　自古逢秋悲寂寥？不，至少我没有这种感觉，秋天给我的感觉莫过于《秋晚的江上》这首小诗了。

　　　　归巢的鸟儿，
　　　　尽管是倦了，
　　　　还驮着斜阳回去。
　　　　双翅一翻，
　　　　把斜阳掉在江上；
　　　　头白的芦苇，
　　　　也妆成一瞬的红颜了。

　　大概因我是在乡下长大的孩子，记忆中秋天的晚景就是如此地充满了闲情逸致，意境深邃悠远，有着天高云淡风轻扬的韵味。

　　在我眼里，秋就像一位超脱隐逸、清旷飘逸的雅士，它不张扬、不矫揉，沉静如水，是有着真性情的真名士。

　　春天娇艳，似贵妇；夏天燥热，似武夫；冬天寒冷，似不食人间烟火

第二辑　拥有一颗感恩的心

的冰美人，冷得让人无法亲近，唯秋天不温不火，迷人而不妖娆，亲近却不失端庄，怎叫人不喜爱。

对于我来说，相较于词，一向不大喜欢呆板的诗，但白居易的《秋雨夜眠》，我却百读不厌。

> 凉冷三秋夜，安闲一老翁。卧迟灯灭后，睡美雨声中。
> 灰宿温瓶火，香添暖被笼。晓晴寒未起，霜叶满阶红。

这首诗不仅充满了寻常百姓家的生活情趣，还充满惹人深思的韵味，夜来风雨，不久前还红似二月花的树叶，一夜之间就被秋风秋雨无情地扫得飘零满阶。不管白居易意欲表达何意，但每当我念起这首诗，总会感叹韶华易逝，萌发出既要享受生活，也要及早努力之情，切莫少壮不努力，老大徒伤悲。

坐于斗室之中，微凉的夜风时时吹来，一阵阵浸入肌肤的凉意，最使人清醒，更易回首往事，畅想未来，立下豪情壮志，鞭策人埋头奋进。

忆往昔，犹清晰地记得初升高三之时，班主任的千叮咛万嘱咐："这秋天是备考的最好时间，同学们一定要抓紧时间学习，往后到了冬寒春困夏热之际，还怎么定下心来学习？"那时，我们都知道已经到了人生的关键几步，绝不能含糊，教室里肃静无声，颇有神圣之感。至今回想起来，唯剩感动，感动于年轻时的拼搏无悔。高三，每天被铺天盖地的学习任务压得喘不过气来，最惬意的当属晚自习之后，顶着一轮明月，吹拂着泱泱秋夜之风，顿觉身心舒畅，一天的疲乏都随风而逝，留下的是被充实包围的愉悦之情。

我眼里的秋天，有雅士般的高风亮节，充满了诗情画意，更是奋斗的最佳时节。

茶韵

家中有四罐茶叶，苦丁、龙井、毛尖、碧螺春。

我喜欢细酌茶水，也喜欢那四个古色古香的茶筒，笔墨纸砚茶，这些物件在书桌前一字排开，真令人赏心悦目。

这四种茶各有各的妙处：滚圆的苦丁味微苦，卷曲的碧螺春味清醇，细小的毛尖味清新，宽厚的龙井沁人肺脾。对于茶道，我了解不多，但喝茶是我为数不多的几个爱好之一。久而久之，竟养成了一种癖好，每次写文章之前，定要先烧水、取茶具、泡茶，在茶香缭绕之中，才会文思如泉涌。否则，即便胸中有千言，若无一杯茶，则有笔也无从下手。

儿时痴迷于描写品茶的文章，在安静的午后，目光在文字间流动，脑海中开始想象主人公泡茶的动作，百想不厌，仔细至每一步，继而悄悄模仿，虽不得要领但总乐在其中。

如今，每每午睡过后，犹睡意蒙眬，这时喝茶是醒脑提神的最佳方法了。往玻璃杯中倾倒少许茶叶，持壶高高冲下，一条白龙潜入杯底，惊起片片青叶，分三次注完。少顷，但见杯中翠绿浮动，叶子缓慢舒展，画面苍翠的可爱，白雾由水中腾起，香味也随之扩散，不知不觉间，困倦之意全消，只觉生活惬意得令人舒服至极。

白日里，我选择泡龙井、毛尖或碧螺春，因为它们使人感觉清爽，让我心情愉快。夜晚，苦丁是我的不二选择，静坐于斗室之中，掩卷苦思，常常会脑中混沌一片，带有淡淡苦味的苦丁有提神功效。现如今我身边的同事大多用咖啡提神，我十分不解，有茶叶在，怎可选毫无营养并且对人有副作用的咖啡呢！工作的间隙，推开窗子，仰望那端庄华贵的月亮，闪烁美丽的星星，还会有几层云朵慢慢地飘过月亮的脸庞，如此娇丽，安谧的夜空，唯有让人感叹天空之唯美仅夜间才显露。当然，若没有品茶的闲情，是没有闲情欣赏到如此雅致的美景。

第二辑　拥有一颗感恩的心

红尘滚滚中，天下熙熙攘攘之人多为名利而奔波劳碌、身心疲惫。胸怀大志当然无可厚非，不过，古言说得妙，胸有猛虎，细嗅蔷薇，懂得欣赏生活的人，才会更加幸福快乐吧！

心有猛虎，细嗅蔷薇

　　你们不要为明天忧虑，明天自有明天的忧虑；一天的难处一天担当就够了。

——题记

　　夕阳令我着迷，而秋日的夕阳更有一种摄人心魄的壮美。黄昏时分，我和同学肩并肩慢慢踱步走下教学楼，在楼梯尽头，一抬头，便看见了那一轮悬挂在两幢大楼之间的夕阳。它的余晕染红了半边的天空，空中的云彩被顽皮的风扯成一缕缕的轻纱向远处漫延，凉凉的秋风拂过我们的脸颊，撩起我们的衣襟，这一切是多么的美好而令人舒适。

　　为这自然之美所迷惑，我们选择到空旷的草地上去散步。途中，陆续见了几位男同学，一起边走边聊。我们正是风华正茂之时，却已没有了意气风发，年少轻狂。友人们纷纷抱怨社会、学业，叹气越来越上涨的房价，我静静地听着，无从插话，话题越来越沉闷，几个人的心情都郁郁的，蒙上了一层失落之情。

　　我又看了一眼那极尽壮美与绚烂的落日，不禁感慨不已。有人花费巨款到地中海看晚景，对眼前唾手而得的美景却不屑一顾。有着年轻的大好时光，却时时刻刻忧虑着那些遥不可及的婚姻、房子问题，倒不是杞人忧天，只是在适当的年龄去忧心一些未必存在的难题，既浪费了现有时间又无从弥补，这岂不是太不明智的选择吗？

人们常言，少年不识愁滋味，为赋新词强说愁。对我们而言，可真是形容得贴切三分。其实，从某种方面来说，谁生活美满、笑口常开、爱得深沉，谁就是成功者。

我们的生活中从不缺少美，只是我们的心灵常常被急切追名逐利的浮躁尘埃所蒙蔽，遮盖住了发现美的眼睛。心有猛虎，也不可失细嗅蔷薇之情，只有这样，我们才能感受到内心的从容与快乐。

秋夜观月

我喜欢天幕完全暗淡的夜晚，因为天空之壮美唯在夜间才得显露。

更喜欢秋夜，因为没有了昆虫的恼人聒噪，我可以安心地读书写字。坐于斗室的书桌之前，偶尔，会有凉丝丝的夜风越过窗梢，把我眼前的书吹起，每逢这时，我都忍不住要停下来，静静地发一会儿呆，倏忽间觉得，这样的生活诗意且美好。

秋夜的月亮，圆润夺目，孤高端庄，似不食人间烟火的隐士，就像有人对庄子的评价，庄子是一棵孤独地守着月亮的树。它是属于智者的圣物。

刚入大学不久的一个晚上，学院组织同学们在教室里观看当时很有名的一部电影，名字记不大清了，只记得是一部笑中有泪的影片。临近片尾，正沉浸在一片感伤情绪的我听见同桌细细的声音："外面的月亮又大又圆，你快去看看吧！"闻言，我随她走向栏杆，伸着脖子，视线越过碍眼的楼层望向那圆月。月亮发出夺目的圣洁光辉，它的周围有几圈浓黑的薄雾，慢慢飘过月亮的脸庞，颇有几分苍凉的气氛。那时，我刚上大一，时时陷入

对未来的迷茫与恐慌之中，又因为离家千里，外出求学，又常常跌进一种莫名的思念之情中。那天，我仰着头看了好久好久的月亮，竟不知不觉间眼泪悄然滑落，我想起了我昔日的好友曾对我说的话："但愿人长久，千里共婵娟，什么时候你想我了，就看看月亮吧，也许我们正好一同看着它呢。"此时，月儿是我与亲朋好友交流的灵魂渠道，是我们共享的宝物，念及如此，我竟觉得心里畅快了不少。

友人常说，一天之计在于晨，可我还是偏爱夜晚。混混沌沌、一片朦胧的夜色，还有一轮明月陪着我，我总会感到满足与幸福，思维活跃，兴致高涨。书上说，哲学从晚上开始，大概夜晚使人更容易找到内心的寂静，更易惹人沉思。

儿时，我喜欢秋夜的月亮，因为可以和家人一起在院里纳凉闲聊，乐意融融，那是平凡生活的一剂调味品。后来，我视力下降，偶然得到一个偏方，据说常举头看月亮可使眼睛明亮。此后，一有空闲，我就瞪大眼睛直视月亮，起初看得太专注，以致眼睛经常蓄满泪水，不过，我的视力因此也的确好了很多，因为这个原因，我越发感激秋夜之月。

秋天是成熟的季节，我把它定性为成年人，而秋夜犹如一位睿智的老年人。广阔的天幕之中往往并无一星，仅一轮孤月高高悬挂于上，走在小道之上，听听那飒飒的风吹树叶之声，一切的烦心事定然全被抛于脑后，这是个安静的空间，也是个让人放松心灵的时刻。

生活不如意之事十有六七，身边的不少朋友郁闷时会选择酒吧等场所。但我认为在月夜下散散步，向月亮低语、倾诉心事，才能以最快的速度卸下心灵的包袱，第二天仍然以饱满的姿态去迎接生活。

滚滚红尘之中，我们太过忙碌，何如停下脚步欣赏一下免费的秋夜美月，让大自然温柔的手抚平你心灵的悲伤！

舌尖上的家乡美味

现如今，特产仿佛已成了一个地方的标志。提起比萨，人们不难想到意大利，而开封的灌汤包、花生糕，北京的烤鸭已是天下闻名。我的家乡是嵩县，它蜗居伏牛山腹地，高山环抱，民风淳朴，虽交通不甚便利，但其风味特产却别有一番滋味。

家乡林木资源丰富，生态气候适宜，故食用菌种类繁多。去年暑假，我与朋友因不耐家中酷暑烦躁，乘车至天池山纳凉避暑，拾阶而上，在山腰处见有不少农妇摆摊卖香菇、黑木耳、猴头、金针菇等食用菌，比起超市中所卖的，更为饱满新鲜。几位友人都重视养生，见此二话不说都买下许多。这些"绿色食品"内含多种维生素，是天然保健食品，有延年益寿的功效，送与家中老人一尝新鲜，则是尽孝道的一份厚礼。

家乡的另一美味是柿子。古有诗曰："自古逢秋悲寂寥。"我是万万不能同意的，因为秋天是我的最爱 —— 柿子成熟的时节。老家有几棵大柿树，枝繁叶茂，待柿子成熟之际，一颗颗红彤彤的果子挂满枝头，压弯枝干，真有大红灯笼高高挂之感。幼时，村中小孩无零食之类的小食品，所以柿子是最好的解馋之物。我与小伙伴争相涌至树下，摩拳擦掌之后，爬上高高的树干摘熟透的柿子，不等清洗就直接送入口中，只觉其果肉面甜可口，一直吃到肚儿圆方才罢口。

最后不得不提的另一美味则是山野菜。儿时，村里人家家户户常吃不饱饭。春天，母亲就领着我去村前的大沟里将扬叶、柳絮、榆钱……回到家中，心灵手巧的母亲就忙活开了，开始蒸榆钱，蒸槐花，做柳絮菜、野菜团，正是这些山中野味伴着我家度过那段艰苦岁月。而今，人们早已不需要再用野菜饱腹了，但每当春风拂面之时，依然有不少同事到单位东边不远的伊河边上摘野菜，他们吃的是新鲜，吃的是回忆。而这些天然无公害蔬菜也因其美味被摆上了各大饭店，成为最佳菜肴，深受消费者喜爱。

第二辑 拥有一颗感恩的心

有人说，要想抓住一个人的心，就要抓住这个人的胃。家乡的土特产用它清新质朴的风味紧紧地抓住了我的胃，那些美味的佳肴不仅让我拥有了健康，也让我忆起儿时的童趣。

漫步冬日

漫天飞舞的点点飞雪，像一群落入凡间的精灵，灵动、飘逸，呼唤着人来欣赏冬天特有的神奇美景。

适逢读到王旭的《踏莎行·雪中看梅花》："两种风流，一家制作。雪花全似梅花萼。细看不是雪无香，天风吹得香零落。虽是一般，唯高一着。雪花不似梅花薄。梅花散彩向空山，雪花随意穿帘幕。"后两句尽道出了梅花的孤高脆弱与雪花的随和，于是，我穿上冬天的全副武装，效仿古人踱出门外观雪景。

小路的两旁有两排高大笔直的杨树，树叶早已落去，只有挺拔的树干与枝丫在雪中端庄肃立。我喜欢这些冬日里光秃秃的树，它们就仿佛是一幅凝神的画，我总认为这才展示了生命的本质。你若细细端详，会发现，它们站立的姿势高雅优美，是一种人类无法模仿的高贵站姿，令人敬仰。

举目四望，但见朔风阵阵，暮雪纷飞，脚下的积雪像是堆簇着的洁白梨花，圣洁得让人不忍落脚。天地一片苍茫，银装素裹，雪景如画，四顾无人，万籁俱寂，连远处雪落松针的声音都清晰可辨。调皮的雪花不时轻触我的脸颊，不禁让我想起了韩愈的两句诗："白雪却嫌春色晚，故穿庭树作飞花。"真正的春色（百花盛开）未来，但这穿树飞花的春雪不也照样给人以春的气息吗！

暮色四合之时，我不得不踏上归途。路经一户农宅，屋檐下几个老人正围着一个火盆取暖，一股灰白的烟从火盆中喷薄而出，这种特别的烟，焚香似的烟，细流轻绕，柔纱舒卷，飘出了一股佛家的禅味。看着淡黄色的跳跃火焰，我倒充满了一种休憩的愉悦。

走到家门口，扑掉身上的落雪，闻见一股饭菜的香味，嘴角不自觉已泛起笑意。或许，我就满足于这种日常的感动，一排静立的树，屋檐下围炉的老人，家中饭菜的香味……

最美的艺术是生活，生活最美的是日常。人生中充满了小欢喜，这些清清的小喜欢，点缀着我们的生活。只要你用心，就能抓到这些短暂的清欢。

拥有一颗感恩的心

乌鸦相貌丑陋，叫声难听，很不受人喜爱。但当人们发现了乌鸦反哺这幅景象时，人们就从另一个角度去看待它。甚至还有人将它编入教材中，用它来教育那些不孝子女，而去赞美乌鸦。乌鸦的地位之所以一下子被提升了，是因为乌鸦有一颗感恩的心。

"恩将仇报"这个成语是形容那些忘恩负义之徒，这些人自古以来就是被人排斥的对象。他之所以会遭到人们的痛恨，是因为他们没有一颗感恩的心。由此看来，感恩是如此重要。它可以使人受到尊敬，也可以使人成为罪人。

在现实生活中，感恩甚至是通向成功的大门。说一个我们都不陌生的人吧！我国台湾的林豪勋，一场始料未及的祸使他从胸部以下的部位都不能动了，全身只有脑袋和脖子能动。即便如此，林豪勋也没有自怨自艾，他

仍然感谢上苍使他有一个大脑和嘴巴。于是他躺在床上，用嘴咬着筷子敲击键盘，编著了《卑南字典》，成了一名家喻户晓的人物，而正因为他身体的缺陷，他才会更著名。如果当初他在瘫痪以后，只一味地抱怨命运不公，那么也许他至今还是一个普通的残疾人。

拥有一颗感恩的心，甚至也会挽救一个人的生命。

医院里，有两名身患绝症的病人，他们住在同一间病房里。一号病人整日不是暴躁地骂骂咧咧，就是哭泣自己的时日不多了。二号病人则认为生老病死是自然界的普遍规律，他庆幸地想：感谢上帝，让我还有一段时间可以感恩赋予我一切的万物生灵。于是他几乎拿出所有积蓄办了一个收容所，专收那些受苦受难的孤儿，并不时去看望他们，鼓励他们，还办了一个养老院，让那些无依无靠的老人，老有所养，并和他们一起练气功。他快乐地付出，并感恩着每一点回报。结果，一号病人不久就呜呼哀哉了，而二号病人由于快乐的心情多活了两年，而就在这两年中，哈佛大学的教授与学生一起研究出了这种病的克星，二号病人因此不仅痊愈，而且还成了一名气功大师。

美国的报纸上曾经刊登了这样的一句话："当你早晨被闹钟惊醒时，你要感谢上帝，自己还活着。"不少医院的专家，都说过这样的话，快乐的人比不快乐的人，寿命更长。如何快乐，就是拥有一颗感恩的心，即使自己的希望一个个落空。

可见，拥有一颗感恩的心是多么重要。所以，我奉劝那些斤斤计较的人们，请敞开胸怀，放下无意义的争夺，感谢自己还有明媚的阳光吧！

第三辑

且行且感悟

我的诚信老友

地停留在空气中

048

古语云："索物于暗室者，莫良于火；索道于当世者，莫良于诚。"每想到这句话，我就很庆幸有一位诚信老友。

我自幼就喜欢看书，后来尝试着写文章，即使在参加工作后，也没有放弃这一爱好，总抽出闲暇时间来写作。也许是天道酬勤的缘故，近年来，我的作品屡见报端，内心也颇感欣慰。

临近期末考试，我的工作比平时更忙了。一天中午刚吃过饭，就听见一阵敲门声，我内心嘀咕着会是谁呢。开门一看，见到一位素不相识的老人，六七十岁的年纪，头发一多半都灰白了，面容清瘦。"您是？""啊，高老师，你好呀！"老人笑呵呵地急忙答道。见老人满头大汗，我连忙把他迎进屋，打开风扇，倒水沏茶。聊起来，才知道，老人姓程，是大坪乡的一位退休老师，儿女都在外打工，平常喜爱看书读报，在报上读了我的文章，再看是家乡的人，就倍感亲切，想专程拜访一下。听完后，我感动不已，又觉得惶恐。老人性雅健谈，虽然我们年龄相差很大，但相谈甚欢。临别时，老人说自己多年来一直有看书记笔记的习惯，积累了一些摘抄本，问我有没有兴趣看看，希望对我的写作有点帮助。我听后，只觉受宠若惊，但想起这几天一直都没空，没时间去取。老人似乎很高兴，说过两天是星期天，给我送来。

到了星期天，上午开全体教师会议，一直到中午才结束，出了会议室门才发现天空已下起了雨，当下就寻思着老人该不会来了。谁料，到了家门口，不觉大吃一惊，老人正站在门口，一手还提着个袋子，裤腿挽着，鞋子上有不少泥泞。我匆忙开了门，带点歉意地说："等的时间长不？来了，就给我打电话嘛。"老人笑笑说怕耽误我工作，边说着边打开袋子，取出一个用塑料袋包好的几个本子递给我，说是六本认为比较好的摘抄本，袋子里剩下的是花生，带给我尝尝。"程老师，你看，下这么大雨，我本以为你不会来了呢，雨这么大，就先不用来了。""哎呀，没事。既然允诺好了，就一定要做到。"末了，老人又急着要走，说雨大，怕晚了赶不上车。我送老人到楼下，看见他略显佝偻的背影渐渐消失在雨幕中，内心不禁涌上一股热流……

后来，我们成了忘年交。老人一直说喜欢我的文章，而我更仰慕老人言出必行的可贵品质。

那一抹橄榄绿

转眼间，建军节到了，说起来，我与军人也颇有缘。

早年，爷爷曾参军入伍，退役归家后，对军人仍抱有特殊的感情，叔叔出生后，爷爷给他最疼爱的儿子取名为建军。

犹记得高中军训时，一个个原本娇气的学生去忍受风吹日晒，自然对严格要求她们的教官怨声载道。可待军训结束，与教官离别之时，人人却都依依不舍，女学生早已泪流满面。而平时总板着一张脸的教官甚至也哽咽得不能言语，真是侠骨柔肠的军人啊！

大学时，我进了河大人民武装学院，学校的管理人员全是现役军人，我每天与他们朝夕相对，对军人的了解也更多了。

大学时的军训生活真是苦不堪言，有着一位严厉的队长，我们丝毫不敢懈怠偷懒。站军姿一个小时，耐力训练长跑三千米，还有近乎苛刻的队列训练，以至于每天我们的衣服都要湿一层，可想而知真正的军人生活该有多苦了。

闲暇时间，队长则判若两人，对我们嘘寒问暖、关怀备至，并向我们

第三辑 且行且感悟

娓娓道来他当兵时的训练生涯：站军姿一站就是半天，坚持不住的就以军姿的姿势直直倒下去，而后爬起来继续站；训练时，一个动作重复上百次，直到完美才罢休；夏天蚊虫多，就任凭蚊叮虫咬。我们听得毛骨悚然，一个女生插话问："要是不巧蚊子落在嘴上呢？""那就咬死它。"队长的话说完，学员们立刻笑作一团。

早上起床到校园里读英语，总能看见许多领导干部身着军装在锻炼身体，操场上、小道上都留下那一抹橄榄绿，早晚都按时进行。耳濡目染之下，学员们也加入了锻炼大军。

对军人的另一印象就是做事一丝不苟，严谨苛刻，绝不容半点马虎。考试要摆桌椅，一定要全部对齐，打扫卫生，则不容有半粒灰尘。

而今，无论何时何地，只要在人群中看见那一抹熟悉的橄榄绿，我都感觉无比亲切与敬佩，正是他们日日夜夜接受残酷的训练，才使十三亿余的中国人民在祖国大地上得以幸福快乐地生活。

月夜饮酒

整理书柜时，我看见了两个空酒瓶，细颈圆肚，晶莹剔透，瓶身有四个小小的金字——"汝阳杜康"，不禁让我又想起那个有点"诡异"的月夜。

一年前的一个晚上，我独自在家看电视时接到了友人苏岩的电话，他问道："嫂子在家吗？"我说她随团旅游了，然后听到他略带欣喜地说："我待会儿过去。"我满腹狐疑又不知所以然。

苏岩是我的故交，知他好酒，我就起身到楼下的酒店买酒迎接他。老板热心地陪我穿梭于一排排货架中，边走边向我推荐："何以解忧？唯有杜

康。"顺他所指的方向望去，只见一只造型别致的酒瓶端坐在货架之上，弥勒佛般的圆肚，细长的脖颈，顶端一颗珍珠似的圆冠，一束灯光正巧打上去，只觉流光溢彩。我立刻被深深吸引，当即决定买下两瓶，酒喝完了，酒瓶也可以细细把玩一番。

回到家不多时，友人来了，提了一袋熟食还有若干瓶白酒。谁知不凑巧，竟然停电了。看窗外月色明亮，我提议不如到未封闭的阳台上去，随后，我们在阳台上摆了一个小桌，放上酒食，另搬来两把躺椅。边乘凉，边饮酒，倒似孟浩然笔下的"开轩面场圃，把酒话桑麻"。

天空中繁星点点，月圆如画，又有知心好友相伴，这意境真美不胜收。不由想起以前熟识的许多人，友人听此，笑言："但愿人长久，千里共婵娟。想不到古今人对月的感悟几百年来也没有多大进化啊！"我禁不住反击他，"但少闲人如吾两人耳。"友人只顾大口饮酒，连声称快。

频频对酌之后，我们都有了几分醉意，话也多了，从大学趣事一直讲到如今的生活，感悟良多，身心轻松，十分惬意。参加工作十几年后，难得如此放松，好像又回到了青葱的大学时光，无拘无束，书生意气，使酒骂座，把平素郁积的不快之事，一吐干净。真如"五花马，千金裘，呼儿将出换美酒，与尔同销万古愁"。

我俩你一言，我一句地说着，不一会儿，都昏昏然在躺椅上睡去。

后来，我才明白了为何友人那日会深夜来访，原来他这个妻管严是馋酒了。

虽然动机不纯，但当夜的乐趣的确无可比拟，至今仍深为眷恋。

凌晨三点半

川端康成曾在一篇文章说了一句饱含哲理的话："凌晨四点，发现花未眠。"凌晨三点半，我们也未眠，因为友情。

贝、欣、影与我是大学里的好友，平日里联络感情的方式多为相约聚餐或购物。今年的十一，贝定了火车票要回家过节，可她订的票开车时间是早上五点。从我们学校到最近的公交站牌也需要走半个小时，何况三更半夜她一个女孩子赶夜路，着实不安全，所以，当她提出希望我们送她到公交站牌时，我们其余三人异口同声地答应了。

为了不误点，凌晨三点半，我们就穿好衣服出发了。从未如此早起的我禁不住哈欠连连。我们一行人紧紧挨着前行，夜间的风特别凉，沁人肌骨，路灯也未亮，只有天空中一轮孤零零的明月高高悬挂于夜空之中，慷慨地洒下一片清辉为我们照明。

我们冻得瑟瑟发抖，却无一人有怨言。尽管我们有四个人，但由于都是女生，胆子小，依然很没有安全感，远远地看见一辆面包车缓缓驰过，心跳都要没来由地加速一阵。忽然，后面响起嗒嗒的脚步声，我们四个立刻齐扭头看，原来是一只小黑狗，虚惊一场。为缓和气氛，我自嘲道："原来想起嗒嗒马蹄声的不一定是白马王子，也可能是一只贼眉鼠眼的黑狗。"顿时，她们笑得快弯了腰，到底还是小女生的心态。

经过一段漫长的路程，终于目送友人上了车，我们相携而归。

年少时的友情因为纯真如水，往往不被人注意。如果没有这次令人难忘的送行，我大概不会意识到友情的珍贵，我自认为的友情也无非是三五好友一起吃火锅或到KTV唱几个小时的歌，这些举动也只有一时的愉悦罢了。

凌晨三点半，当这个城市依旧在熟睡的时候，那些愿意为你爬出温暖的被窝为你送行的友人，一定是值得你珍惜的真心朋友吧！

日常生活中，在形形色色的工作压力下，有人常抱怨我们的生活是缺乏诗意与美感的。其实，只是你不善于发现，不善于珍惜。

一花一世界，一叶一菩提，只要你善于感悟生活，且行且珍惜，你就会被一件又一件看似"微不足道"的小事所感动。带着这满满的感动上路，我们的生活怎么会不美好！

关于友情

上大学后，我与上铺的女孩儿成了无话不谈的好朋友，彼此相处得很愉快。

初入大学，总有许多不适应，但有一个可以嘘寒问暖并时时相伴学习、吃饭及逛街的人倒令我的压力减轻不少。大一暑假，她去青岛，回来后带了一件小巧的海螺作为礼物送给我，尽管礼物并不贵，也不炫目，但着实让我感动了一番。

但是，进入大二后，我们的关系出现了裂痕，起因在于她开始频繁地对我横加挑剔，对我的头发、衣服评头论足，指手画脚。我精心扎好的小辫，她会不屑地说："你是对着镜子扎的小辫，怎么还会如此纠结？"如此种种，我一忍再忍，每次都微笑接受。

有时，我会故意甩脸色，希望她能明白说话不要太过火，注意她说话的方式，我并不想因为此类小事而失去曾经很要好的朋友。可她对此毫无反应，甚至责问我："为什么脸色这么阴沉？"

我很生气，决定明确告诉她，否则迟早要在郁闷中崩溃。

于是，当她再度欲指责我时，我盯着她的眼睛毫不客气地说："那不

关你的事。"她似乎很惊讶，继而生气地说："你火气这么大干吗，你得给我道歉。"我看着宿舍还有其他人，无奈地轻声说："Sorry！""没诚意！"她不依不饶。终于，我忍不住了，冲口而出："我又没错，为什么要道歉！你给我让开。"摔门走了。

走在路上，我越想越后悔，回想起往日一起去看电影，到公园里看樱花等场景，没走几步，我又折回。她明显余怒未消。我一把拉住她，颇为诚恳地说："对不起，我错了。我不该冲你发火，但我受不了你一直对我挑三拣四，那深深地伤害了我的自尊。"顿时，她的脸色缓和下来，竟也向我道了歉。

从此，我明白了，对于朋友的不满当面说明才好，不要打哑谜。对于朋友，不要按自己的想法左右他，毕竟他活着不是为了取悦你，不必一直容忍你。

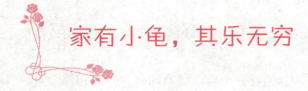

家有小·龟，其乐无穷

父亲去青岛旅游，电话里说回家要带个宝贝，我们都很期待，猜测这大概是海鲜之类的东西。等父亲回来，小心翼翼地放下盒子时，我们才发现里面赫然睡着一只乌龟。"是海龟。"父亲连忙纠正道。

父亲喜爱养龟，也不知是什么原因。家里前前后后共养过五只乌龟，可全都"死于非命"，尽管父亲是很用心地在养。

第一只乌龟买回来没几天就死了，父亲锁着眉头查案研究许多天，找出了它的死因。他很是生气地说："现在有的卖家就像钓鱼那样捉龟，乌龟的喉部有伤。"于是他上网详查，吃一堑长一智，以后就明白了一招：在买之前要想检验乌龟是否有伤，就把乌龟四脚朝天放着，能自己翻过身的就是健康的龟。

　　为了验证此效，父亲把这只海龟仰面朝天放着，让我们观看乌龟大翻身。可这只海龟一动不动，父亲急了，在敲头拽尾巴之后，这海龟才极不情愿地翻身，费了九牛二虎之力，在我们焦急的加油声中才成功地正面朝上了。"怎么样？这是健康的龟。"父亲很是得意。

　　前面那四只短命的乌龟，死因各不相同。有一只是饿死的，因为父亲坚持说："乌龟最好养了，半个月喂食一次就够了。"有一只是冻死的，它是唯一活到过冬的，所以我们没经验，不知道该怎样给它过冬。有一只是换水的时候，它钻进下水道里了，以后就不知所踪，看着那又黑又臭的下水道，估计也给熏死了。还有一只，咳咳，说出来挺不好意思的，因为它一直拒绝吃食，我们就一起决议把它煮吃了。

　　迄今为止，这只海龟算是最长寿的了，在我家已有五年之久，所谓"千年王八万年龟"，估计它会长命百岁的。这海龟长得太慢了，刚来时有馒头那么大，现在也不过如碗大。

　　许多人都喜欢给宠物起名，一开始我也落入这个俗套，可是起个好听的名字真的很难，而且家里无人响应我，因此这计划也就不了了之了，就姑且称之为小龟。

　　刚开始，它很挑食，父亲在网上订的龟饲料它不吃。父亲打听到它会吃蚯蚓，下雨天，就在泥里挖了两条很长的蚯蚓放进龟盆里。等我到盆子边去看时，吓了一跳，馒头大的乌龟蜷缩在盆一边，两条十几厘米长的如小蛇样的蚯蚓在另一边，互不侵犯。我速向父亲上谏，快把那两条蚯蚓放生吧，又恶心又恐怖，父亲坚持说小龟会吃的，只是时候未到。一想起小龟可能去咬蚯蚓，蚯蚓迅速缠住小龟，另一条也帮忙攻击，咦，头皮都麻了。最终证明我的判断是正确的，胆小的小龟不敢吃蚯蚓，蚯蚓被放掉了。

　　总不能让这只小龟饿死吧，于是，在一个晴朗的下午，我们在父亲的带领下，"气势汹汹"地进军到小河边，下水逮小鱼、小虾。天无"绝龟"之路，在我们的围追堵截下，十几条小鱼小虾顺利落网。回家放到龟盆里，可小龟缩头不动，熟视无睹，原本期望饥饿的小龟痛开杀戒，可它见此美味竟不为所动，围观之人再度扫兴而去，我开始在旁边的小凳上看书。

第三辑　且行且感悟

不多久，小龟伸出了脑袋，贼头贼脑地瞅瞅，见四下无人（当然它是没看见我），机灵劲一下子就展现出来了，它的头快如闪电，一口咬住一条小活鱼，两口就下肚，三下五除二，这呆子竟全部吃完。我在一边目瞪口呆，天啊，拖着笨重壳的它是怎么咬住那些在水中身手矫捷的小鱼虾的呢？末了感叹一句，真能装啊！我非曹丕，你又何必演阿斗？再说，你想吃就吃嘛，还偷偷摸摸，死要面子？

知道这家伙爱吃肉后，每次家里买了肉，父亲定要切下一些让小龟吃，买了鱼，就把鱼的内脏全给它，小家伙竟吃得一干二净。有一次，家里买了一条大鱼，父亲把鱼内脏全放进了龟盆，大概是太多了，等小龟吃得差不多时，盆子里已浑浊一片，水面上浮着一层厚厚的油腻。我去看时，看见水面上仅露出了两个鼻孔，为防止它脖子伸得太长变为长颈鹿，我赶紧又换了一盆清水。

小龟长得大了一点后，对我们也熟悉了，就放得开了。不过，它似乎一直不满意再被小盆禁锢了，当着我们的面，也丝毫不掩饰要逃出去的野心。它四肢并用，狠狠地抓盆子的边缘，声响颇大，有时，半身都悬空了。每逢这时，母亲就很讨厌它，或者还有一点害怕（她几乎害怕所有的小动物，五年来，从来就没碰过这只小龟），就对父亲嚷嚷道：“把它煮吃了，要是舍不得，就送人好了。”父亲会迅速向妈妈做一个嘘声的手势：“它会听见的。”

天气好时，我们把小龟带到楼下，在水池里游泳，再放到陆地上爬爬，小龟的爬行速度让我推翻了故有的认识，它爬的速度很快，我得快走才能赶上它。是谁说乌龟走得慢呢？岂有此理！

小龟趁我们不备也成功地“越狱”了几次，不过都是爬出了盆子，藏在了犄角旮旯里，后来都又被逮住了。

早上，我端了碗饭趴在小桌上吃，一边吃一边观赏桌边盆里的小龟。它安安静静，只要盆里的水足够多，它就不会急躁地想逃出去。我看见碗里有一片肉，夹起来放进了盆里，小龟张口就咬住。肉块有点大，它一口吃不下去，就用前爪去拽，样子可爱极了。看来它饿了，我又放进一块豆腐，它也吃了，还意犹未尽地把一些碎屑也吃干净。我很惊异，这一直信奉“宁吃仙桃一口，不吃烂梨一筐”的小龟也放下身段了。我怕它饿坏，放了点胡

她停留在空气中

萝卜，甚至还有馒头，馒头漂在水面上不会动，可小龟依然像当初吃小鱼那样快速地攻击，张开大嘴咬，不一会儿就吃得干干净净。我一度有点恍惚，天啊，这是海龟吗？怎么感觉像一只对吃食来者不拒的狗。

终于，它入乡随俗了，以后就好养多了，为了奖励它，下午我准备再去给它捉点小鱼解解馋。父亲说，以后就把这只小龟当成传家宝传给后代了。

如今小龟已俨然成了家中一员，与我们亲密无间。家有小龟，其乐无穷。

享受羽毛球

我喜欢运动，如太极拳、五禽戏、乒乓球、羽毛球等。但相比较而言，尤其喜欢打羽毛球。这种运动方式安全性高，活动量适中，没有篮球、足球运动中的危险性。我最享受的是在打羽毛球时的左右跳跃、辗转腾挪、上扣下挑。那时，我仿佛就是金庸笔下的武林高手，一次次地接着对方的"暗器"并进行反击。

我的父母都是教师，我从小生活在校园里。学校为了引导老师们锻炼身体，在家属楼前的空地上设了一个羽毛球场。因此，小时候，我站在自家的阳台上，足不出户就可以观赏老师们一场场硝烟味十足的羽毛球赛。后来，随着年龄的增长，我顺其自然地成了羽毛球队伍中的一员。

遗憾的是，在平常大部分的业余时间里，羽毛球场地都是老师们的天下。到了冬天，在大雪纷飞的日子里，便没有老师前来打球了，这给我和我的弟弟提供了一个绝好的机会。我们不怕飞雪和跌跤，抓起球拍和球蛋就去占场地……

也许仗着年龄的优势，在每次球赛中，弟弟总是我的手下败将。其实，我能"打败"他和其他人，是有"秘诀"的。这些"秘诀"我美其名曰"一扣三招"："一扣"指扣球时，做到准、快、狠，使对手无还手之力；"三招"之第一招是"单刀直入"，在比赛中，球走直线，把球专往对方身上打，使其难以躲闪而失球；第二招是"声东击西"，球走斜线，对方在左，把球打往右，对方在右，把球打往左，使其疲于奔命；第三招是"轻重结合"，发球时，用足劲，待对方退后接球反击后，一个轻挑，使其马失前蹄。

当然，这些秘诀都不过是一些雕虫小技，破解的法子很简单，只要你坚守在羽毛球场地中间的位置，一切难题便可迎刃而解。

我喜欢羽毛球运动，它增强了我的体质，磨炼了我的意志，提高了我的球艺，增加了一份我对生活的感悟，使我忘却了严冬的寒冷。

彩电背后的故事

从我记事起，爷爷奶奶家唯一的奢侈品就是一台十四英寸的黑白电视机。后来，那台电视也看不成了，一开机，屏幕上总是星光闪闪。

二〇〇七年十二月，财政部、商务部根据国务院有关会议精神，提出了财政补贴促进家电下乡的政策思路，首先在山东、河南、四川、青岛三省一市进行了家电下乡试点。这真是千载难逢的好机遇！当教师的爸爸就按照政策的有关规定，取来爷爷的户口簿、身份证，买了一台彩电送给了爷爷奶奶。爷爷奶奶心疼在家种地的小叔，就把电视放在了小叔家。谁料，没过多久，小叔家突遭不测，一场大火烧毁了他家的粮食、家具，还有那台彩色电视。

二〇〇九年二月，爸爸从报纸上得知，为了推动"三农"事业的不断发展，家电下乡活动开始向全国推广，产品也从过去的四个增加到八个，除了之前推出的"彩电、冰箱、手机、洗衣机"之外，这次家电下乡又新增了摩托车、电脑、热水器和空调。它们和彩电等产品同样享受国家百分之十三的补贴。爸爸仅花了不到六百元钱就给爷爷奶奶又买了一台二十一英寸的彩色电视，大多时间都冷冷清清的爷爷奶奶家又热闹起来。最令人难忘的是冬日的夜晚，我和爸爸妈妈回老家看望爷爷奶奶，老屋中间生着一盆旺旺的炉火，左邻右舍的爷爷奶奶、叔叔、阿姨坐在一起，大家看着电视、说着闲话、发着议论，使冬日的山村之夜充满了无限的快乐，真是一幅珍贵的"农家乐"图画。

我相信，只要党的惠民、富民政策不变，爷爷奶奶家的日子一定会越过越红火，山里人的日子一定会越来越幸福！

停水停电的日子

假期我和同事一起去白云山旅游，并小住了几天，白日游山玩水，晚上篝火晚会，煞是愉悦。从山上回家，只觉气温有逐渐上升的趋势，越来越热，我急不可耐地计划回到家中要先洗个澡。

谁知，回到家中才得知一个坏消息，要停水停电三天，我的心情犹如一下子从天上落入人间，郁闷不已。

家里用电做饭，煤火炉早就被我打入了"冷宫"，现如今吃饭也成了问题。不过，据说晚上八点会来一次水电，还算挺人道，慢慢等吧。外面的天色已完全暗下来了，我开不了电脑，顿觉无事可做，心里空虚得很，索性去睡觉。原来一直很好奇古人没电的生活到了晚上会如何，这下倒可以亲身体验一番。

迷迷糊糊睡了一觉，听见客厅有说话声，睁眼一瞧，来电了！虽然头

晕晕乎乎，我仍坚持起了床。灯光闪烁不定，电压太低，电脑也开不了。父亲在厨房开始忙活做饭，我急忙进卫生间把空的四个塑料盆子接满了水备用。锅放在电磁炉上，都一个小时了，水居然还没烧开，看来做饭是没指望了。不得已我们把冰箱里剩余的一点零食一扫而空，将就着对付一餐，望望昏黄的灯光，疲乏得很，又去睡了。母亲精神倒不错，在白云山上玩了几天也不累，居然去洗衣服了。

第二天一大早起床，我到卫生间洗漱，发现昨天接的四盆水只剩一盆了，还好够我先用。然后上街买了早饭，早餐时我奇怪地问起昨晚接好的水哪儿去了，母亲一脸淡定地接过话："哦，我洗衣服用了三盆，忘记再接水了。"我一听，嘴张了张，又无奈地闭上了。

没水没电的日子可真难熬，以往我的消遣工具就是玩电脑，现在只能望着它叹气。无聊的时候就睡觉打发时间，岂料，我睡眠的潜力真是无穷，昏睡昏昏了一天，晚上还能安然入睡。只是临睡时，想起这一天过得浑浑噩噩，心里有点失落。

第三天，我决定不再虚度光阴，白天陪着父母在郊外的树林里散步聊天，晚上一块儿下象棋。父亲痴迷于象棋，儿时我随父亲上街购物，每逢看到街上有几个老大爷在摆棋局对弈，他都要凑上去，一群人都围着棋局屏气凝神地看，父亲更是以泰山崩于前而色不改之势一看就是一上午。难得有此空闲，点上蜡烛，我陪父亲下棋，母亲观战，真有闲敲棋子落灯花之古诗意境。这一天，我过得分外充实，看来古人的生活虽简单，却诗情画意得很哪。

第四天，水电未如期而至，我拿出买了许多天却一直拖延未看的书读起来，不多时，便被书中的情节所吸引，久违的癖好又回来了。往日我一读到好的文章，定要念出来让大家共享，所以我叫来父母亲，简要介绍故事情节后，坐在沙发上朗读起来，读完后，我们针对书中人物讨论了良久。好久没与父亲进行思想争锋了，只记得幼时对父亲是言听计从，青年时期开始唇枪舌剑，而今的争论则理性多了，听着父亲娓娓道来的观点，我的心中不禁蹦出"姜还是老的辣"这几个字，他的看法比我要深刻得多。

此刻，我已不再念叨什么时候来电了，但是，下午，水电来了。

我重新坐在电脑前，浏览了几条新闻后，就有点坐不下去之感，心中竟对我以往专注地趴在电脑前产生奇怪之感，整日上网有什么意思呢？还不如趁着假期外出郊游、看书聊天，既免了受电脑辐射，又增进了家人的感情，怡情养性，岂不更好。

适应一件东西久了，就会上瘾，这一次不期而遇的停电，让我对痴迷已久的电脑说了再见，我的生活更丰富多彩了。福祸相依，我想起了那个哲理故事：推开窗子能看到什么，取决于自己的心态。

且行且感悟

当代的大学生，已没有了往昔"天之骄子"的光环，我身边的大部分同学时常挂在口头的是"无聊"、"压力"还有"迷茫"。

每天的课业并不是很繁重，闲碎的时间在指缝间悄无声息地溜走，昔日未上大学的老同学有的已工作，甚至为人父母，而我们已达法定成年人的年龄，却依旧没有任何经济来源，这是一个令大学生略嫌尴尬的话题。

对于一些希望能自食其力的同学来说，课余时间做兼职，是首要的选择，比如我。

我所在的院校是半军事化管理，平日的管理比一般大学略显苛刻与严格，自我时间并不多，兼职时间自然也很少。所以，迄今为止，值得一提的是我曾兼职三次的经历。

郑州算不上大都市，顶多是个二线城市，街道上店铺林立，人头攒动，可对于一个全日制大学生而言，想找一份合适的兼职工作却是无从下手。刚入大学，班干部在班里宣传办理兼职卡，大部分的学生都热烈响应，那厚厚的一摞卡很快就被抢购一空，我也不例外。

第一份兼职是为一家建筑公司举牌子，那天由各个高校的学生组成一

支长长的队列，顶着烈日沿大街"游行"，一天下来，时停时走，懒散至极，其实只是耗到规定时间而已。在夕阳仅存最后一丝余光之时，我们领到了一天四十元的工资，疲乏地坐公交回校。

第二份兼职是为一家卖卫浴的小公司发单外带促销，中途不能休息，要不停地走动，每推荐一名顾客成功进店仅可得一元提成。临近下午五点，我们匆匆忙忙往学校赶，晚上七点为集合时间，不容有误。我们坐了将近一个半小时的公交，一路小跑回到学校，换校服，整理内务，总算没误时。一天站下来，腿酸腰疼，还好，挣了六十二元的工钱。

第三份兼职可算得上是灰头土脸了，是为刚入学的大一新生推销《大学生英语报》，定价一百五十元，我们每成功卖出一份报纸可得四十元提成。第一天因为不熟练的缘故，磨破嘴皮子也没卖掉一份，反倒是不停倒车，花去的公交车费倒不少。尽心尽力地做一件事，结果却不尽如人意，这真像失恋的感觉。回去的路上，看到宽敞的大道上奔驰着各种各样的小轿车，一幢幢拔地而起的摩天大厦，心头忽地就涌起一股酸涩之情，感觉自己很无用。和同学坐车时多坐了一站，当我们手拉手成功找对地方时，那一瞬，失落感也消散了不少，我们奔跑着、嬉笑着，热情与活力又回归于身，到底还是小孩子的心态。

一年下来，我也颇有一点感悟。作为一名在校大学生，出去做兼职，一不留神就会陷入形形色色的陷阱中，比如中介公司会收取高额费用发一些价值并不大的兼职信息，而其实这些兼职信息在一些招聘网站可以很容易地找到。而大学生兼职的内容，就我身边而言，是一些出苦力、工资低的职业，比如发传单，做一些手工艺品，超市家电的促销人员等。并非这些职业锻炼不了人的能力，而是，在我看来，大学生的主要任务还应是掌握更多的学识，只有这样，未来的你才有可能赚得更高的薪酬，为了一些蝇头小利甚至翘课，实在是太不明智的选择。

生活对每一个人都绝非易事，如今我才真正懂得这句话的含义。尽管如此，大学时候我们也不要每天都是忧心忡忡的，因为压力本身也是生活的一部分。人活着，好像不单单是为了享受，尤其在年轻的时候。而且享受不等于懒散的生活，万事无牵无挂，什么也不必放在心上，这种生活本身没有什么意思。可以这么说，享受本身并不是享受。

人生在世，并非尽遂己愿，而应尽己所能。大学生应该是一群充满着欢乐与斗争精神的人，永远带着欢乐，来欢迎雷霆与阳光。

生命不息，奋斗不止

　　泄水置平地，各自东西南北流，人生的贵贱穷达是不一样的。是谁在操纵着这一切？是冥冥之中的无形力量，还是上帝抑或耶稣？我认为这些都不是，应该是性格，性格决定命运。

　　幼时的我们，天不怕，地不怕，觉得自己无所不能。可随着年龄的增长，日益成熟的我们却开始惶恐地怀疑自己的能力。由决心成功成名到得过且过，由无忧无虑到苦闷迷茫。现实与象牙塔的巨大落差，让我们徘徊，禁足不前，日益开始又一批人的跳蚤人生。但是，就此不前吗？当然不，恰同学少年，风华正茂，书生意气，挥斥方遒，年轻是我们的资本，我们还拥有更大的财富——热情。拼搏无悔，而性格是在后天养成并不断完善的，难道是靠星座、运势吗？无稽之谈。

　　天长等世事，化云烟，一个世纪之后，我们会从世界上退出。默默无闻地来，又默默无闻地离开人世，从未在世界上发出任何声音是一种悲哀。古今多少事，笑谈风雨中，既然我们本来就是一无所有地来到这个世界，那么就乐观地看待人生的沉浮吧！

　　人基本上就是按自己的设想活一生，为什么成功的人只是小部分，因为大部分人没有坚持地想象未来，他们不断地降低自己的人生高度。明明是懦弱地退缩，却仍然美其名曰"日趋现实"。少时，人人都觉得自己了不起，像冉冉升起的太阳，注定将光辉洒向世界，可以在曼哈顿之鹰居住。

而年龄的增大，迫使他走出梦幻之屋，接触了更多的人，经历了更多的事，才发觉自己其实很平凡，平凡的人生没有惊天动地的大事，日子总是波澜不惊地如水流过。很多人害怕困难，于是追求自己认为平凡的所谓实际，宁愿忍受这份煎熬也不愿忍受拼搏中可能经历的困难。

当幼小的嘉宝躺在屋顶上畅想未来时，我看到了她对世界的憧憬。当年轻的泰勒在草坪上苦思人的一生究竟怎样过才有意义时，我读懂了她不甘平凡的雄心，日益理解了后来她所说的话："一颗钻石在地下埋藏千年才能发出璀璨夺目的光辉，一个人只有历经磨难才能意义非凡。"

现在，就让我们默默积累吧！机遇只给有所准备的人，在沉默中积蓄力量，只有如此，有朝一日，我们才能三年不鸣，一鸣惊人，创造属于自己的辉煌。

大学只是新的开始

高中三年，我几乎天天埋头于书山题海，为的是将来能够升入一所自己心仪的大学。

八月十五日，我终于收到了姗姗来迟的河南大学人民武装学院的录取通知书。我本想，这应是一所规模庞大、师生众多的大学，但上网一查才发现，该校只是河大的分校，地点在郑州市郊，占地面积一百余亩，而且，学生到校后统一着军服，学校对学生实行准军事化管理。

一瞬间，我觉得很郁闷，这和我心目中的大学大相径庭，这所学校的规模与我读高中的学校有什么区别呢？之后，我一直闷闷不乐。

后来，我发现自己对大学的认识其实是很肤浅的，我只是觉得辛苦学了那么多年，上了大学就可以好好放松一下了，殊不知大学只是一个新的开始，大学里仍然充满着竞争，升入大学，绝不是去享受安逸的。倘若我还是抱着高中时的想法，四年后，我无疑会被社会淘汰。

既然如此，又何必在意学校的大小呢？对于像我这样有点懒散的学生来说，准军事化管理反倒可以帮我们改掉这种坏习惯。军训加学习，既可以锻炼身体，又可以学到知识，岂不是一举两得？再说，学生统一着军服，彼此在生活上也没什么可攀比的。

凡事有两面，我何不乐观一些呢？生活是现实的，任何人都不可能过得十全十美，但只要努力，仍可以功成名就。如今，我已坦然接受了这所大学，到九月一日，我便可以步入这所大学，尽情挥洒汗水，收获未来了。

大暑老鸭胜补药

老伴常嗔怪我："你教了一辈子书，按理说，是个彻头彻尾的文人，怎么会这么嘴馋，好喝酒吃肉？"每逢这时，我都浅笑不语，心下暗忖：你可不知，大口喝酒，大口吃肉，这才是"是真名士自风流"呢！

我是一个最安分的"肉食者"，一切脆薄爽口的食物我都不喜欢，偏爱口味重的食品。每隔几天我就得吃肉解解馋，吃肉必离不了酒，酒肉本来是一家，有酒有肉赛神仙。

自入炎炎夏季后，我老习惯不改，隔几天就上街买卤肉下酒吃。可吃过几次之后，身体却出毛病了，老是上火，又是口腔溃疡，又是烂嘴角……老伴见状就严禁我再这样吃了，我也是苦不堪言。喜欢一件东西久了，就会上瘾，如今断我酒食，我顿觉饭食无味，火气愈加上升了。

女儿知晓后，就回到家，笑着对我说："爸爸，你怎么跟个小孩似的，今天我给你做道营养菜，我自创的大盘鸭，保管你健康又解馋。"我一听，高兴坏了，叫上老伴去观摩学习。

具体做法如下：第一步，备料——鸭肉、南瓜、佐料、葱末、姜末。第二步，把鸭肉用清水洗净，切成棋子大小的肉块，倒入菜锅里，添加适量的水（以刚淹住肉块为佳），加上佐料，放在旺火上煮大约十分钟。第三步，把南瓜切成麻将牌一样大小的方块倒入锅中，加上精盐，放入葱末、姜末，再煮三到五分钟，出锅即可食用。

看着色香味俱佳的大盘鸭，我食欲大振。吃过几次之后，原来身上那些烦人的小毛病都不见了。我禁不住举起酒杯笑言："烹羊宰牛且为乐，会须一饮三百杯。"

女儿补充说，夏季天气燥热，宜吃清淡的食物，鸭肉具有高蛋白、低脂肪的特点，是夏季的五佳饮食。此外，鸭肉是含 B 族维生素和维生素 E 比较多的肉类，且钾、铁、铜、锌等元素含量都较丰富，是养生保健的优良食品。

如今，这大盘鸭已成为我的拿手好菜，我的生活又找回了往日可以大快朵颐的无穷乐趣。这大暑老鸭胜补药啊！

她停留在空气中

　　成功的花，人们只羡慕它明艳的花朵，却不知其后隐藏着多少不为人知的辛酸与悲哀。我们总以为名人有着凡人所没有的机遇、天分、金钱、名望，那他们一定是幸福的。就像在登上月亮之前，我们以为它是那么的美好、灿烂，登上之后，才发现那儿也有灰尘、沟洼，和地球一样。

　　倘若没有圣人般的"舍得"，我们总会有烦恼，生活就是一个挑战接一个挑战，解决掉一个烦恼，还有另一个烦恼在等着你。凡人尚且如此，名人的生活岂不更加曲折。

　　当我看完了梦露的传记后，有一种久久不能平静的感伤。以往我只肤浅地知道她是性感的美女，在了解了更多之后，才由轻视变为同情、钦佩。因为，在这个拥有全世界永恒神话的女子身上，我看不到一点幸福与快乐的影子，她身边围绕着数不清的追求者，我看到的只是她的孤寂。

　　"在梦露的绝照中，可以清晰地看到她脚上挂着的标号：八一一二八，而当年，那个叫诺玛·琼的小姑娘从她的格蕾丝阿姨家里被撵出来，带着一包可怜的行李第一次来到好莱坞的孤儿之家时，她的编号为：三四六三。"当我看到这段文字时，我几乎落泪。我没有想到，梦露的童年是如此悲惨。她身上的悲剧性以及艰辛的个人奋斗在其神秘死亡的映照下显得更加凄美。

　　她曾得到过如日中天的名声，

却连自己的性命都无法周全；她为好莱坞赚取了大量金钱，死时的存款却仅够丧葬费；她演过三十四部影片，却始终无法演自己心仪的角色。除了当个好演员，她没有其他的生活目标，为此，她不断地读书，参加各种各样的演员培训班，渴望能提高自己。为了演好戏，她常常紧张到呕吐，服用大量对自己身体有副作用的药物。

她在红尘中摸爬滚打攀上高处，最终又重重摔下去投入黄土。这个坚强的织梦者，一次又一次从生活与情感的打击下抬起头来，最终还是被时间的车轮轧扁了。

我欣赏她奋斗的精神，从一个不名一文的街头女郎到令全世界沸腾的性感明星，同情她站在孤儿院的房顶上观看好莱坞摄影场的水塔的举动。她是幸运的，在她短短三十六年的人生中，经历过富贵、成功，笑过、爱过，始终朝目标奋斗；她是不幸的，承受过贫穷、失败，哭过，也痛过。

如今，她的肉体已腐入地下，而名望仍在空气中停留，她的死亡成就了永生。乔治亚·洛根说："她似乎高高在上，辉煌传奇，其实，她是世界上最未能得到赏识的人之一。"这是一个强悍的女人，幸运似乎与她沾不上边，她孤独了一生，奋斗了一生，从来没有人扶持过她，但她的名声却传遍了世界。

玛丽莲·梦露，她最大的悲哀是对事物的极度崇拜而精神却极度空虚，是娱乐圈的肮脏规则毁了她，更是她毁了她自己。

无论什么时候，拥有一个健康的心态是成功的必要前提，否则，越成功，悲剧色彩越浓。精神的孤独是死亡的催化剂。

她停留在空气中

第四辑

乡关何处

移花接木

　　王辉是一家报社的主编，近段时间，有个员工跳槽了，报社人手不够。王辉很着急，急急地打出招聘启事，希望招一些文坛新秀，撑撑场子。

　　这天上午，他一口气面试了十几个人，都不合格，要么专业与职位八竿子打不着，要么都没有写过东西。这怎么行？他正想找本次的招聘工作负责人开骂呢，门又咚咚咚响了三下，一个高高瘦瘦的年轻人进来了。王辉扫了一眼简历，名叫李文，学历本科，专业英语。盯着坐在椅子上略显拘谨的李文，他无奈地叹口气。李文见状，赶忙站起来说："王总，我的资料您还没看呢！"说着就打开一个档案袋，取出一沓报纸、杂志之类的东西，并一一翻开，指着上面的文章说是自己写的。王辉一看下面的署名是李文，就很高兴，发表文章这么多，好，当下就拍案表示录用他了，接替前任员工的工作。

　　没过几天，王辉发现不对劲了，这个李文好像什么也干不好，交个新闻稿不仅磨磨蹭蹭，而且低级错误百出。想起当初录用他时很匆忙，就让助理去查一下。助理出去一阵子后，一路小跑至王辉面前，气愤地说："头儿，那李文是个冒牌货，他以前应聘时的文章根本不是他写的，只不过是名字一样。"

　　王辉气得脸都白了，拍着桌子叫着让李文滚进来。证据确凿，李文不得不承认，当初自己找不到工作，不得已出此下策。王辉气消了点，阴着脸说："你走吧。你要记住，纸终究是包不住火的，职场上最重要的是人品和能力。"

孩子是棵灵芝草

中秋节，我带着儿子回老家看望父母。打扫院子里的落叶时，竟发现院里一隅长了一棵奇怪的植物。我好奇地询问父亲，曾当乡村赤脚医生的父亲乐呵呵地说："那可是一棵灵芝草啊！"

我吃惊之余也欣喜万分，总是在影视作品中被称为灵丹妙药的宝贝，今日终于让我得以见识其庐山真面目。儿子也很好奇，趴着仔细端详了半天后，走进厨房，端了半碗水要给灵芝浇水，在一旁的父亲赶紧阻挠，"不用浇水，自然生长，灵芝草才长得好。"

孩子今年刚上高三，可是他好像对学习一点也不上心，放假回家了，依然抽时间去打篮球，为此我没少批评他。他一听就显出一脸不耐烦之色，这让我更加生气。见他也在院里帮忙扫地，我说道："你学习去吧，作业做完了吗？"儿子闻言脸色就变了，回声道："我也不能时时刻刻都学习啊！你除了学习别的都不关心我。"我一听，火气立马上升，真是个没良心的孩子，天天为你操碎了心，你竟然还说我不关心你。我又劈头盖脸地教育了他一顿，一家人的心情因此都郁郁的。

吃过午饭，我与父亲一块闲聊。末了，父亲叹了一口气，语重心长地说："你小的时候，天天跑出去玩，我也没怎么管你，最后你不还是以优异的成绩考入了师范大学？孩子就是一棵灵芝草，你不要约束得太严，他才能长得更好。"

听完父亲的话，我长久地陷入了沉思之中。

回想起这几天与儿子的紧张状态，身为教师的我竟也不知所措了。儿子已经十七岁了，平常也很懂事，可自从他进入高三，我就好像进入了一种备战状态，对他太过严厉与苛刻了。每当看见他出去打篮球时，都要忍不住高声斥责一番，但效果反而不佳。

于是，我采纳了父亲的办法。做家务时偶尔也主动让儿子帮忙，有时我也陪他打会儿篮球，慢慢地，他向我敞开了心扉，有什么烦心事愿意向

我倾诉，我也得以及时地帮他解决。面对我，儿子脸上的笑容也多了，家庭关系又恢复了往日的融洽与和谐，而且，在本次月考中，儿子的成绩又前进了十名。

　　灵芝是一种仙草，但它的养护非常简单，既不需要浇水、施肥，也不需要见阳光、承雨露，只需要每隔几天用湿布擦抹灵芝子实体的表面，抹去其上黏附的纤尘，还其本来的鲜艳色彩即可。其实，孩子就是一棵灵芝草，作家长的，只需要时时拂去蒙在他们心灵之上的些许灰尘就够了，剩下的就是看着他健康快乐地成长。

离奇别墅

第一章　别墅惊魂

　　一九五五年七月二日上午八点，十七岁的维克接到一个电话。

　　"噢，维克，我是舅舅乔治，听说你高考结束已经放假了，我很寂寞，希望你来跟我作伴。"

　　"真的吗？OK！"维克说。

　　对于维克来说，舅舅如同他的父亲一样亲切，所以，他爽快地答应了。

　　乔治无儿无女，早年丧妻，喜好清闲，居住在美国新墨西哥罗斯维尔地区。那是一个环境幽静的地方。维克小时候经常在舅舅家的别墅里玩。

她停留在空气中

072

不多时，维克乘车到了舅舅家。傍晚，维克与舅舅一同在屋顶纳凉吃饭。维克欣赏着眼前的美景，如醉如痴。咦，对岸怎么有一栋别墅？

乔治听到维克的惊讶声后，笑了起来："已经十年了，你十年没回来了，对岸的别墅八年前就建起来了。"此时，乔治突然神情黯淡起来，两眼直直地盯着维克说，"记着，永远不要跨河进入那栋别墅，那是死亡之地。任何人有进无出。"维克的心提到了嗓子眼，想要问个明白，但被舅舅的话打断了："好了，不要再谈这个不愉快的话题，那里住着一个杀人犯，不过，他已经被抓起来了。"

舅舅说完下楼走了，维克的心却怎么也平静不下来，他忍不住又看了一眼那栋别墅。

晚上，乔治来到维克房里，吻了他的额头，说："晚安，维克。"

"舅舅晚安。"维克说。

乔治说完走到客厅服下两片安眠药，就安然进入梦乡。

十一点，翻来覆去、怎么也睡不着的维克穿衣下床。好奇心折磨着他，他走上屋顶，想透透气。"天哪！"维克差点昏过去。对岸的别墅里有灯光亮着，这证明别墅里有人。"杀人犯不是已经被抓起来了吗？"维克的好奇心战胜利恐惧。他决定前去一探究竟。

他循着灯光刚跨过河流，别墅里的灯光突然灭了。维克一阵惊悚，难道自己暴露目标了？接着，维克看到一个黑影从别墅里窜出，消失在茫茫夜色之中。

维克大着胆子，翻过栅栏，进入别墅内。那里的确很迷人，一个大花园呈现在眼前，皓月当空，凉风阵阵，只有维克拉长的影子在院子里晃动。正当维克贴着窗户向屋子里看时，一个声音传来："我可扔了，我可扔了。"

维克惊得跌坐在水泥地上，几只不知名字的乌鸦扑棱着翅膀向远处飞去，细听那声音，十分像他舅舅乔治的声音。

维克小心翼翼地站在院子当中，刚才那声音又放大了十倍传出来："我可扔了，我可扔了。"

维克的头"嗡"地一下子大了。他打开随身携带的手电筒，眼前的一幕使他惊呆了！

他前边的不远处，有一把翻倒的椅子，椅子的中间烧出了一个洞，椅

子下面还有一团骨灰，椅子的一边还有许多头盖骨、几根骨头，稍远处有一根洁白的、脚穿红皮鞋的女人小腿……

维克惊叫一身，撒腿就跑。

接下来的情景，维克一辈子也忘不了。

他的头一直昏昏然，胀疼胀疼的，迷迷糊糊中感到一个模样极丑的人把手伸进他的体内，注射着一种绿色的液体……再后来，他就什么也不知道了。

第二天，维克醒过来了。他躺在自己的床上，回忆昨夜所经历的一切，这难道是一个梦？可他的胳膊上还有逃跑时被树枝划破的痕迹……

七月三日上午，维克不顾舅舅的再三挽留，启程回家了。

第二章　传奇逃犯

他是一个传奇。

他叫汉森男，二十九岁，有着帅气的外表。

他是一个杀人犯，目前在德雷克监狱在押，明天是他第五次上法庭陈述。也许，等待他的会是一张宣判书。

十点钟，德雷克监狱第二十七层窗户被悄悄打开了，一个黑影缓慢地向下移动。是汉森，是的，他身披一条被絮，双手紧握被撕成条形的白色床单，在光滑的墙壁上向下滑行。

下面是深不可测的黑洞。不远处，瞭望塔上的警察正警惕地审视着四周，最要命的是，这个床单究竟有多长，它能让他安全着陆吗？虽然，这是三个逃犯的床单加窗帘以及一切可用的东西结成的。但距离地面还有三层楼的高度时，床单到尽头了。

汉森裹紧背上的被子，毫不迟疑地跳了下去。见鬼，他竟安然无恙。第二个逃犯也爬出来了，但是不走运，刚出窗户，他就掉下来了。一声惨叫，引起了警察的察觉。警察一边拉响警铃，一边鸣枪。第三个逃犯在一半的高度时被打死了，随后听到一声闷响。

可是，汉森，他把被絮铺在高压电网上，一个跟头从被子上翻了过去。

背后，枪声大作，警铃长响。他爬上一辆破旧的货车，开车横冲直撞，竟然穿过拦截杆，逃走了。

这个小城再次掀起一阵巨波。

警方全力追捕，但毫无结果。一时间，报纸长篇累牍地报道，人们惊恐万分，他好像从这个地球上消失了。

第二天八点，警方押着一个人进入了监狱。天哪！是汉森。没错，他自首了。

这怎么可能呢，他不顾一切逃出去，现在却又回来了。人们猜测着，他为什么出去？他消失的几个小时里究竟去干了什么……记者将他团团围住："嗨，说点什么吧！"但汉森脸上挂着笑容，一言不发。周围，女孩子的尖叫声此起彼伏。最不可思议的是，一个杀人犯竟赢得了这么多女孩子的追捧。

报纸上，街头巷尾，人们众说纷纭。

"他一定去会见他的女朋友了。"

"不，他也许是去销毁证据了。"

…………

下午，宣判书下来了，因证据不足，汉森被当庭释放。尽管在他房子的周围又发现了两具人骨。

这成为一九五五年美国历史上的一场悬案。

第三章　扑朔迷离

五十年过去了。是啊，半个世纪了，一切都物是人非。

这一年，维克六十七岁。当年那个杀人犯，或者说，那个传奇逃犯——汉森，已经七十九岁了。

随着年龄的老去，这几年，维克一直做着同一个噩梦：跑啊跑啊，却怎么也跑不出去，悬浮，丑人……每每从梦中醒来，他都难以入睡。临死前，他决定找到汉森，问个究竟。

经多方打听，他得知汉森还住在那栋离奇的别墅里。

他来到了别墅前，好像又重新回到了十七岁。但这次他不再偷偷摸摸了。他摁了门铃，里面传出一个苍老的声音："请进。"

花园里，一个老者正在闭目养神。"请坐。"老人睁开眼，指了指不远处的一把椅子。

"你好，维克。"老人说。

"你认识我？我们从来没有见过面啊。"维克说。

"从没有见过面？哈哈，一九五五年七月二日十一点三十分，你来过我家，对吧，好像还吓得不轻。"老人说。

"是，是，我一直想知道……"维克不知怎么变得有些结巴起来。

"你为什么常被噩梦惊醒？我为什么会无罪释放？别墅里以及房子的周围为什么有白骨出现？还有那可怕的声音？"老人发出一连串的疑问。

"对，你告诉我，我只希望临死前弄个明白。50年了，我一直在恐惧中度过，没有一天快乐过，没有一天。"维克说。

"你听我讲个故事，别插嘴。一九四七年，我建了这栋别墅。那时我二十一岁，正是精力充沛的年龄。我欢喜地邀请朋友来我家聚会。一天晚上，大家玩得非常高兴，特别是我的女友玛丽，玩累以后，她舒服地坐在沙发上，我到厨房去拿芥末，等我上去时，他们全都消失了。地上铺满头盖骨，还有几块焙干的骨头，我的女友，我一生的最爱，只剩下一根腿还完好。我吓坏了。这太离奇了！没有人会相信我的解释。于是，我把他们匆匆掩埋了。后来，类似的情况又发生了，白骨、小腿……再后来，警方发觉了这事，我被关押了。"

"为什么，是发生了火灾？"维克问道。

"没有，一切完好如初，玛丽身边的报纸也没着火。"老人说。

"太奇怪了！"维克感到十分惊讶。

"我怀疑是外星人的罪恶。"老人说。

"外星人？这简直是开玩笑。"维克不相信老人的话。

"没有开玩笑，我就是外星人。"老人说。

"你？"

"对！我只是借了汉森的身体，而大脑是我的，这儿其实是外星人的一个基地，我在这儿把搜集到的宇宙信息通过密码传输给我的合作伙伴，密码传输音近似'我可扔了、我可扔了'。那天晚上，我一边输送信息，一边质问别墅里人群突然全部消失的原因，但我的伙伴什么也没告诉我。他们利用完了我，就抛弃了我。"老人一脸的颓丧。

"可这是机密呀，你为什么告诉我？"维克说。

"因为，你被外星人绑架过，幸运的是，你身体素质不行，他们又把你放了。"老人说。

岩玉的大学

一

一百多层的高楼大厦顶端的一间屋子里亮出柔和的灯光，办公设备很考究，豪华的老板椅上坐着一位衣着时尚的女子，斜望着落地窗外的霓虹灯，室内放着高雅的音乐，岩玉坐着假寐，感觉轻松、舒服……"十一级学员起床！"一阵尖锐的哨声惊醒了美梦中的岩玉，岩玉一愣，才发觉原来那只是一个梦。

岩玉是那种外表给人文静安生印象的人，但时常异想天开，对现实不满时，就躲到空中楼阁里畅想一番。她那小小的脑袋中装满了奇异的想法，在

梦想的天国里她能游得很远、很远。她总觉得现在的生活不是她想要的，现实的生活是如此的枯燥无味。熟悉的人会以为她自大，不熟悉的人会觉得她安静。如果说她和别人不一样的话，那就是太爱"做梦"，内心十分特立独行，但从不敢表现出来。性格嘛，时好时坏，双面性格，反复无常吧！总之，也许她是个平凡得不能再平凡的人，但一想到可能会平凡一生，她就会痛苦不已。这也许是自寻烦恼，因为怕别人会这么评价她，所以会隐藏、会遐想。

每个人都要有一个情感寄托，在没有希望的时刻。岩玉的情感寄托就是抽空去阅览室，看杂志上介绍某无名小卒突然跻身于亿万富翁之列，然后幻想有一天自己也有此等好运。在偶尔开心的时刻，她会手舞足蹈，让人误以为是一个开朗活泼的人；在沮丧时，她会觉得自己一无是处，在暮色苍茫中静观窗外，看平原沟谷，恍若隔世。

岩玉一直在想又想不通的一个问题是，为什么中华上下五千年，自己偏偏生于这个时代，当有一天，自己老去时，这世界还是如此这般运行下去吗？甚至没有一点变化？倘若如此，自己为什么要降生于这个时代，有什么必要呢？想不通，但拿这个问题请教于人，得到的答案自己肯定是不满意的，或者被嗤之以鼻地说"胡思乱想"。

二

刚上大学报到时，一个老师模样的人在桌前边记边问："你有什么特长？"岩玉歪头想了一会儿，好像没什么特长呀！忽记起刚上高中报到时，那报到老师也问过类似问题，当时她的回答是"写作"。老师怎么都喜欢问这样的问题呢？索性再答个："写文章算不算？""哦，那可以去校广播站写写稿子。有什么体育特长没？"那老师仍不死心地追问。岩玉想起以前每次长跑测试时自己紧张的没出息的样子，就弱弱地回答："没。"后来才知道，那老师原来就是以后的体育老师，怪不得。

岩玉一直梦想着考上大学，然后基本上就向天堂迈近了半步了，谁知，她进的是 H 大的一个小分校，说是二本，但超级小，还半军事化管理，统一着装、集合、跑步等。唉，这么一想，岩玉就特愤愤不平——自己怎么就这么不顺呢？拼死拼活地学习，末了还进这样的大学，规模小，管理又严格。

刚开学就是为期两星期的军训。十四天的军训，下了九天的雨，但也没好到哪去，要么在楼道里站军姿，要么在雨小了一点儿时，就在雨里练个湿透。宿舍是八人间，上下铺，又挤又小，不过好在有暖气、空调。于心是岩玉的室友，当初岩玉对于心注意，是因为她被子老叠不好，军训要求严格，队列训练时她又老出错，故而常常被队长批评。晚上一到床上，准能听到她一边铺床一边叫"上帝把我带走吧"，以至于此后演变为"上帝把你带走吧"，暂且不提。一个宿舍，低头不见抬头见，她们自然就成朋友了。

岩玉面前摊着一摞稿子，心里却想，这年头，写文章似乎已没有新文化运动时期那么惹人注目，似乎稍微有点文化的人都会写，网上的免费小说动辄就几十万字，作者还放在网上让人随便看。好像写作已经没有多少含金量了，所以岩玉放下笔望向窗外，自信心又降了点，加之进入了这个让她不满的学校，心情自然就很糟糕。回想当初，入校第一天，也就是军训的前一天晚上，经过一天旅途劳乏的同学们竟在地上铺了两张席，一个个撅着屁股跪在被子上趴着压被子，为的是叠好军被。

失望归失望，日子可还要一天天过下去。半个学期过后，小心谨慎的岩玉学习成绩还不错。转眼间，大一的下半学期来了，岩玉想，日子就要这么平凡地流走吗？她不甘心，却也无可奈何。

三

寒假开学一个星期了，课程都还安排得挺紧。三月七号是女生节，学生会安排了一个班级舞会。这舞会嘛，岩玉满怀期待，虽然她也不会跳舞，但那晚可以穿便装，应该也不错。岩玉想象的是，虽没有香肩华服的来客、高贵优雅的会场，但也应该有点韵味。孰料，又让岩玉吃了一惊，教室布置得像高中元旦晚会的场景，但还凑合。先上场了两个节目，挺滑稽也没看懂，但周围都鼓掌，不知是喝倒彩还是真满意。又来了一个舞，旋律竟然是《千年等一回》，但动作像广播操。接下来，一个集体舞，一个猜歌名，再有一个烂得不能再烂的甩葱舞，其实，那哪能叫舞，只是三个男生拿着三根葱蹦了几下，再相互拉着手转了几个圈就完了。岩玉在下面看着掌声四起的人群，心想他们不仅是大笨蛋，还是骗人精。但有个节目倒很值得看，是两个女生跳的洽洽加爵士，有点跳舞的感觉了。总之，是趣味索然。

岩玉想，与其在失望的忧惧中痛苦，不如在奋斗的失败中沮丧，所以立志要做一番事业。想来想去，觉得有两件事是可以做的，一是"创业"，二是"写作"。

星期天是挺无聊的，岩玉见舍友带来一副占卜用的塔罗牌，就想卜一卦。卜什么呢？就卜写作吧！按照步骤弄好后，抽出三张分别代表过去、现在、未来的牌。翻开"过去"，大阿卡那牌牌面释义为"塔——逆位释义，混乱、状况不佳、趋于稳定"；翻开"现在"，释义为"女祭司——正位释义，学习、研究、直觉、秘密、信念、信赖、神秘"；再翻开"将来"，释义为"愚者——奇特的习惯、发怒、狂喜"。岩玉早先也不熟悉步骤，看着这样的解释，仔细思考了好大一会儿，也无法理解。索性再测一次，这次岩玉选择了事业，"过去"为"魔术师——逆位，攀附权贵、谋略、诡计"，"现在"为"世界——正位，完成、成功、结果、完美、幸运降临、继承、遗传、海外旅行"，"将来"为"战车——正位，胜利、经营的技能、公众人物、大众认可"。看到这样的结果，岩玉十分高兴，也就坚定了写下去的决心。

后来，于心端着杯子从岩玉前经过，看见趴在床上测得不亦乐乎的岩

她停留在空气中

玉，就一屁股坐下，嚷嚷着帮自己测。岩玉烦不过就问，你要测哪方面的？于心郑重地想了好一会儿，极其严肃地说，爱情。岩玉差点没绷住笑，费了一大番工夫弄好了，到了掀牌的时间，于心急着说且慢，她把手握紧了好一会儿，突然抄起牌放进了牌堆，连声说不测了。岩玉气愤不已，心想你至于吗，终究忍下了。不过发现同宿舍其他的女生测的都是爱情之类的，自己居然测的是事业，岩玉觉得自己挺与众不同的。

晚上，岩玉做了个梦，好像回到了高四，半夜醒来，又回想到了过去。高四其实是岩玉十几年求学生涯中最满意，甚至是快乐的时光，因为有十几个好朋友，有骄傲的成绩，也有老师的重视与关心，甚至还在复习班中考过第一。倘若不是因为高考考场上自己一向最擅长的语文因时间没把握好，作文没写好，她就不会来到这个糟糕的大学了。想到这儿，岩玉就差点被失望、沮丧、自卑和忧伤的情绪淹没。一次失误就把以往的成绩抹杀，这就是高考。想起不久前期末考试时，岩玉无意间瞄见一女生作弊，只见那女生眉头紧锁，然后拿起纸条一看，就迅速放进了胸衣里，想到这儿，岩玉有种瞬间石化的感觉。

四

春天的空气异常干燥，岩玉一向水嫩的手背变得干涩，仔细看时，表面上有很多细微的裂痕，但手心还是如常的光滑。岩玉一边看着手背叹气，一边想，手心就像女人，被人呵护保护，手背就像男人，在外经历风沙。岩玉的同桌就是那个军训时老犯错的于心，于心呢，时常做一些小孩似的矫情动作，说话又有一种说不出来的嗲，所以用岩玉的话说就是"十八岁的年龄，十岁的思想，五岁的智商"。

比如说，有一次，晚上就寝时，队长要求准备好腰带、帽子，第二天早上要列队训练。但于心找不到腰带，急得她上蹿下跳，穿着拖鞋满宿舍楼地跑着借，费尽周折，最后终于借了一条。但铺被子时，一抖帽子，发现腰带竟卷成一团蜷在帽子里，气得她长吁短叹。更绝的是，第二天中午，一起去排队吃饭时，她指着第一排桌上放的一个橙色茶瓶说："这不是我的茶瓶吗，怎么忘在这里了？"好在这大学风气还不错，没人顺手牵羊。

学校很不人性化，情人节那天晚上因为有领导要视察，竟让学生整了三个小时的内务。初春的上午，校领导在凛冽的寒风中又训了学生一个半小时，又是跑步，又是稍息，真是一顿好整。每次看见穿着迷彩服排队走向操场的队伍，岩玉总觉得他们像极了一条肥肥的大青虫在懒洋洋地向前爬行。春来犯困，微积分课上往往睡倒一片，课间休息时，于心递过一张纸条："当生活给你一百个理由哭泣时，你就拿出一千个理由笑给它看。"岩玉看过后不置可否地说："幼稚。"于心的眉头皱在一块，说："我把你开除女生籍。"岩玉笑着说："我已经把你开除人籍了。"老师在讲台上吆喝一声说，上课了。于心指着岩玉的左同桌笑说："看。"岩玉一扭头，发现左同桌手插在裤子口袋里取暖，嘴嘟着作亲吻状，头低着，一下下点着书本打盹，像极了小鸡啄米。

在宿舍时，女生们就喜欢聊天，话题离不开男生和高考。王土讲她的高考趣事：进考场时，有个女生带了一大瓶凉茶，监考老师不让带入，那小妮居然打开盖子，一口气喝光再进去；H大本部给我们下发了人手一册的《新生入学宝典》，上面印有H大校长的照片，校长穿着西装，看不出男女。岩玉拿着问了好几个同学，都说是女的，后来上网一查，得知原来是男的。王土说："这不是小卖部的老太婆吗？"一看，果然十分相像。

王土提议宿舍的人一起娱乐一下，就选择打牌，要去找男生借。王土刚到楼梯口，队长来了，关切地问她做什么。王土嗫嚅后灵机一动说："哎，我去厕所，怎么到这儿来了？"好不容易借到牌，正玩得开心时，有人敲门。岩玉坐得最靠外，只好起身去开门。她打开一条缝（保险起见）往外瞅，看见一个人的胸部，很奇怪，再往上看，竟然是队长（队长至少有一米九），真是窘。好在队长也没说什么，只是对她们思想教育了一通。

五

寒假时，岩玉参加了个百万征名大奖活动。在开学一个月之后，岩玉收到了一条短信，特邀她去参加颁奖典礼。岩玉刚开始有点不知所措，反应过来后狂喜了一番，要知道，最高奖项可是五十万的宝马轿车加八千元

她停留在空气中

的桂林山水旅游券。晚上睡觉前，岩玉浮想联翩了好一会儿。

　　第二天一大早，岩玉就拉着一个关系比较好的女同学贝贝去参加了。九点半开始，岩玉八点钟就出发了，还把获奖感言提前打好了腹稿——万一得个第一，也有资本去讲话呀！地点是中亚大酒店，岩玉刷了两次牙，洗好脸就和贝贝一块出发了。但天气不凑巧，昨天还暖洋洋的，十八摄氏度，今天居然狂降十摄氏度，还刮起了超级无敌的大风。风起沙涌的，岩玉和贝贝好不容易梳好的发型被风吹得乱七八糟的，在公交车站牌下站着等车，一摸脸，居然摸到厚厚一层灰，这可是去五星级酒店参加颁奖典礼啊，居然以这副蓬头垢面相示人，真令人哭笑不得。

　　等到八点五十五分时，公交车才晃晃悠悠地来了，但人非常多，跟挤沙丁鱼似的，人都快被挤成照片了。但时间不够了，岩玉和贝贝就也努力挤了上去。车倒开得挺快，在金水花园站下车后，岩玉不知该往哪走了，只知向南步行六百八十六米。问了好几个人，东奔西跑地走了不少冤枉路，最后终于找到了。

　　在问路过程中，其中有一个人牵着一只巨大的白色动物在散步，岩玉以为是牵着一只羊，心里还想着这人看起来也像是知识分子，怎么牵只羊？走近一瞧，才看出是一只体格硕大的大白狗，龇牙咧嘴的。

　　进入五星级酒店，环境确实很好，很暖和，里面外面两重天。装修很高档，她们见识了一些名流，喝了一杯茶，欣赏了几个节目。但那么多奖，岩玉仅得了最小的奖，眼睁睁地看着苹果手机、宝马呀什么的轻而易举地被别人拿走了，岩玉灰心丧气得都不想鼓掌了。

　　岩玉原本以为或许这次能获得个大奖，给自己的生活添点传奇，谁知自己的生活还在继续着平凡，昨天的幻想只不过是编织了一个美丽的梦。

　　走出酒店，一涌而出的人群四下散去，岩玉想，不管酒店布置得多么尊贵豪华，自己不过就是一个过客。这又何尝不是生活？在酒店的外面，岩玉看到有一群大概是刚下班的农民工，他们涌到小摊位前买盒饭，在刮着大风的露天里蹲着吃，狼吞虎咽。他们的面前是五星级酒店，里面温暖如春，人人西装革履，空气中飘着舒缓高雅的音乐。他们后面的不远处是新区风景宜人的中心广场，大概他们也没有心情观赏。

六

　　岩玉有时候也很喜欢说点俏皮话，和同学们闹在一块。上课前，岩玉想到一句话："妞，给大爷笑一个。"没承想，一激动，对同桌冲口而出："大爷，给妞笑一个。"从此，她就不再和人随便开玩笑了，省得自取其辱。

　　转眼，清明节到了，要放假五天呢！岩玉打算去本部 H 大找同学玩，顺便就在那儿小住几天，感受一下真正的大学是什么样子。记得当初上初中时，很多女同学都有一个特别要好的女伴，两人几乎就跟影子一样形影不离。女生应该就是最懂浪漫的，比如，她们会互相交换日记本，轮流在上面写日记，直至把一本厚厚的笔记本写完。但时间是把杀猪刀，几年过后，无论关系多么好的朋友也不知所踪了。

　　本期望 H 大之旅会非常有意义，谁知没有预想中的好，H 大虽古色古香但很破旧。岩玉找到同学后，晚上就住在同学的宿舍里。宿舍里倒是挺好的。H 大是地方性大学，管理相对来说比较松，那儿的学生晚上玩电脑直到一点才睡，第二天睡到日上三竿，这很不符合岩玉的生活习惯。岩玉早早起床拉着同学到 H 大的校园里转悠。半路上，同学收到一条短信："文学院的学生请注意，清明节不回家的同学学校发补助，男生二百五十元，女生三十八元，请收到短信的同学到综合楼大厅领取。班长宏博。"同学显得很兴奋，嚷嚷着去领钱。岩玉觉得很奇怪，为什么男生比女生多这么多，H 大这么重男轻女呀。她想了想，和同学研讨了一番还是没结果。路上碰到同学的朋友，同学就很高兴地问她有没有收到那条短信，那朋友笑说："你还真信呀！今天是愚人节，再说男生二百五，女生三八，这不是骂人吗？"一席话说得岩玉和同学先是顿悟，后是大红脸。

　　因为天气也不好，岩玉就提前回到了学校，但小小的宿舍一个人待着也无聊，岩玉就找隔壁的老乡聊天，碰巧还有一个女生华西也在那儿。华西泡了面，要找筷子，就翻箱倒柜地找。岩玉和老乡正聊得开心呢，只听华西一声大叫："蛋蛋太邪恶了，她竟然把筷子跟袜子放一块。"岩玉和老乡看着哭丧着脸的华西一手拿筷子、一手拿袜子，快笑岔气了。

她停留在空气中

下午闲得无聊，这破学校连教室门也不开，想学习都没门，岩玉就和老乡、华西去外面逛。没地方可去，正好在站牌上看到一个"服装市场"，她们就相约而去。那服装市场建在地下，挺大、人也多，但光线暗。橱窗外摆了很多模特，可那些模特要么不穿衣服，要么是穿了衣服却没头，或者头发乱糟糟的，有几个还没脸，冷不丁一转身就被吓一跳。从入口处望去，狭窄的过道两排都是这样，狰狞可怖，真是扫兴。出了服装市场，她们一个个垂头丧气。

不甘心地又接着转，腿已经走得又累又酸，看到一个家乐福超市，一行人准备进去休息一下。里面太高档了，东西都贵得令人咋舌。一直到三楼才发现有坐的地方，她们兴高采烈地奔过去，还没坐几分钟，一个女服务员过来问："几位要喝点什么？"岩玉接过话："坐会儿休息一下。"那女生面露难色地说："不好意思，这儿是消费区。"岩玉一群人只好悻悻地离开。华西提议道："找个是男服务员的区域去坐，他就不好意思打发我们走了。"但她们终究没好意思坐下去。

在出口处看见几个清洁工坐在地上，衣着不甚干净，仅是呆呆地坐着。岩玉想，当他们生活在小区域时或许很快乐，但小区域的人到这样的高档区时，脸上浮现的只有茫然、麻木。

七

当初刚到校时，校学生会开始招新，许多人都说加入社团会锻炼人的能力。岩玉脑子一热，就拉着贝贝也报了好几个，本以为不会被选中，只是体验一下面试，谁承想，报的几个全被录用了。

接下来，特别是下半学期，真是有的忙了，周二报社有会，周三报社出版报，周四学生会开会，好不容易有个周五晚自习，班里放电影，本想好好放松一下，一个短信发来："报社的成员到二一一宿舍开会。"贝贝叫岩玉一块去，两人磨磨蹭蹭就是不想去，慢腾腾地下楼，一边抱怨"什么破会"，一边挪步。刚到楼梯口，下面气喘吁吁地冲过来一条黑影，是雨田，她人未到，就嚷开了："呵呵，你们这是什么表情呀！快迟到了，主编让我叫你们呢。"她俩对她打趣、吃惊的神情视而不见，"嗯"了一声仍慢慢地走。快到门口时，贝贝说："岩玉，表情要快乐点呢，别让他们看出来我俩有情绪。"于是，岩玉和贝贝面对面扯了扯嘴角，努力挤出一个笑脸，"强颜欢笑"地进门了。

上美学课，于心老在那儿看英语，岩玉就仿照韩语写了一句自己也看不懂的句子递给她，于心又迅速回了一句"You are the apple of my eye"，并挑衅地问岩玉是否知道这句是什么意思。岩玉试着译了一下："你是我眼里的苹果。"又觉得不对，"apple"应该是引申义。于心得意地翻翻眼皮又悄悄地递给仔仔，仔仔说："情人眼里出西施。"于心摇摇头，岩玉马上接过，"哦，是情人眼里出苹果"，话刚出口就觉得不对。于心用特鄙视的眼光瞄了一下岩玉，一字一顿地说："它应该译作，你是我眼里最珍惜的人。"说完，又严肃地加一句，这句话男生追女生时老是用，特恶心。听得岩玉一愣，暗忖道，这么好听的话，你居然这样想。

有时候，于心也蛮可爱的。有天晚自习，雨田捉了只飞虫吓唬岩玉，岩玉说要告诉于心。而后一看，同桌于心不在，岩玉接着说："在不在都一样，她肯定说，我活该。"雨田不相信地说："她对你可好了，肯定不会这样说。"于是两人就打赌，由岩玉给于心发条短信："亲，雨田打我，你要给我报仇。"看于心会怎么说。谁知两人巴巴地等了一会儿，于心居然没回短信。这下赌约只好作废。没承想，晚自习后回到宿舍，于心气势汹汹地质问雨田："你有没有趁我不在的时候欺负岩玉？"那表情一本正经加严厉，雨田顿时愣住，岩玉只好出来打哈哈了事。

女生之间，往往喜欢说一些十分暧昧的话，像恋人一样黏糊，但女生之间的友谊总不能长久。很久以来岩玉就有一个困惑，女人之间到底有没有真正长久的友谊，大概即便有，也会掺进去很多杂质吧。

八

每一个人都是不完美的，每个人也都有自私的一面，不要奢望有人会甘心为你付出一切。因为现实生活中不存在，所以电影、电视、小说上充斥了这些内容，只不过是人们借此寻求的一丝慰藉罢了。

岩玉喜欢看书，看多了就沉溺其中，有时就分不清理想与现实了。喜欢一件东西久了就会上瘾，如同吸毒一样。有相当自恋程度的岩玉常常会想入非非，臆想一些不存在的事情，结果无非是自寻烦恼罢了。岩玉太渴望成功成名了，尤其信奉张爱玲的两句话："出名要趁早"、"（最恨）一个有天才的女人忽然结婚。"

有时，岩玉开始莫名地自卑，于是就这样安慰自己：人无完人，金无足赤，有的人貌似很完美，可能只是他碰巧在那个时段站在了阳光下，巧妙地显现了他一生中为数不多的几个有魅力的时刻，只不过是在某个位置恰好被美化了。不可否认的一点，每个人都有丢面子的一刻，丢在平时却比丢在紧要关头好，在批评中才会不断进步。

岩玉最讨厌被恐怖包围的时刻。高考前及期间，岩玉认为高考是人生分水岭，时常会疑惧，那时她天真以为只要过了高考这关，就再没有值得自己疑惧的时刻了。但岩玉想错了，只要性格不改变，"拿得起、放不下"，这个思想包袱去了，另个思想包袱就尾随而来，人生将永无安乐时刻。其实高考的恐怖氛围也不过是人言可畏的结果，好像太平常心反而是不上心、吊儿郎当的表现。

从某种程度来说，岩玉已经是成年人了，但总觉得自己很小，好像只

有听同学说起，某个一般大的小学同学已经结婚了，连孩子都有了时，会被小小地震撼下，悟道自己原来已经这么大了。看来人的成熟，不在于年龄的大小，而在于心理年龄的大小，人生阅历的几何。

人人都羡慕小孩子，但人生谁无少年，少年时的我们果真没有烦恼吗？当然不是，各个年龄段有各自的烦恼，倘若没有佛陀的舍得与放下，人的一生将充斥大大小小的烦恼。这时候，我们需要有不同的排遣工具与方式，选择的不同，爱好甚至于人生也就不同。但不可否认的是，人常常有孤独脆弱的时刻，这时候被及时地关心一下，无疑会有一种无与伦比的幸福感与满足感，所以人会大力弘扬亲情、爱情、友情，其本质还有人的孤独及群居癖好的成分在里面。

无论何时，活出自我、不受他人左右的生活该是幸福的，至少是满足的。但倘若真到那一天，人又会觉得有人管教也是好的。得不到的总是最好的，失去了才觉得该珍惜，有其一定的道理。有时人想尽全力完美地做好某件事，却往往搞砸，未放在心上只随意去做的事，反倒做得很好。因为欲速则不达，爱过头便是束缚，有道是有心栽花花不开，无心插柳柳成荫，生活就这么奇怪。

九

岩玉自认为与时代好像有点脱轨，应该是有点落伍，比如用 QQ 聊天。一直到上大学了，岩玉才有自己的 QQ 号，还是同学帮忙申请的。

岩玉极少上网聊天，因为没有电脑，不方便。有一次岩玉闲得无聊，就借了一台电脑上网，恰好同宿舍的王土在线上，岩玉就急忙打招呼，叫她的小名："嗨，崽崽。"那边很长时间没动静，末了悠悠来了句："是仔，非崽。"其实岩玉真的是无心之过，她一直以为别人称那女孩就是"崽崽"呢，为此还郁闷了一下。想当初，岩玉第一次听人唱信天游，里面有这样一句："我低头，向山沟。"但当时的岩玉误听为："我的头，像山沟。"尽管理解起来有点难度，但岩玉又一想，黄土高原嘛，风吹日晒的，头沟壑纵横也有可能呀，还觉得这比喻十分生动。

四月八日，Z大的樱花开了，同学邀请去看樱花，谁知光坐公交车一来一去就要四个小时。这公交车还真怪，要做的车辆总得等很长时间，坐上去了还往往很拥挤，连坐的位置也没有，不，应该是连站的位置也没有。可"站"车路上看见其他同线路的公交车，车上都只零星坐了几个人。

Z大的校园太大了，一趟逛下来，还真是累，好在Z大真的很漂亮。回去的路上经过一家超市，岩玉就想去买瓶洗面奶。东挑西拣地拿了一瓶，去付账时那售货员的神情似乎似笑非笑，让岩玉好生奇怪，不过因为太累了她也就没在意。回到宿舍，岩玉想洗脸，仔细一看，终于明白那售货员为什么有那种神情，洗面奶上赫然四个大字——"男士专用"。

话说岩玉加入了编辑部后，领导就要求报社的各个成员写个什么文件，反正就是小事说大，美化学院。岩玉写了一篇交上去了，被说教一番，修改，下次再交，再改，最后终于采用了。

临末领导让她去署名。岩玉看了稿后，异常坚定地说："不是我写的。"

领导说："好好看看。"

她看看后摇了摇头说："不是。"

领导不耐烦了："你再好好看看。"

"不是呀！"

"你写的什么主题？"

"文明养成月。"

"就只有这篇是关于它的。"

岩玉仔细看后，终于承认了："是我写的。"

"知道为什么吗？这是经我修改过的。"

也许，当一个人脆弱的时候，外来的一点无心之过，会置一个人于死地，将他心底的最后一道防线击溃。一个人走在清冷的大街上，是很孤单的，但只要在你到达的地方有一个真心实意，最好是全心全意地爱着你的人在等着你，你就不会孤单，甚至心底涌出满满的满足感与幸福感。

有时，我们会夸大某件事，误解某个人，当敢于迈出第一步去面对、去做时，才发现它根本不是你想象的那样。无论你高兴还是抑郁，这世界、这周围的一切都不会因你而有一丝一毫的变化，这对于岩玉而言，或许是件不可思议的事，但真正成熟的人都会明白。

岩玉一直想当一名作家，起源大概因为三毛，她幻想着浪迹天涯，写写文章，周游世界。可惜，岩玉有张爱玲的自负，却没有她的才气，有三毛的梦想，却没有她的勇气。宿舍开卧谈会时，舍友们问她的择偶标准，岩玉使劲沉思了一下，觉得自己无才无德，自负孤傲吧还没有资本。但她的择偶标准却很高，岂不是凤姐第二？于是她底气不足地说："言听计从，陪我环游世界。"真有点异想天开，果不其然，宿舍陷入一片沉寂。

岩玉和同学们一同到校本部去参加运动会，穿军装在校园里走着，感觉确实不一样，挺神气。回来后，在校网上浏览，发现本部学子竟然说："分部学生又背着炸药包来了。"其实他们称之为炸药包的东西是岩玉等辛辛苦苦打的背包。

马原课——马克思主义基本原理概论课其实很有趣，但老师太没劲，讲得很枯燥。岩玉的同桌趴在桌上睡了一节课，下课后借过岩玉的课本就抄起讲义来，末了，把书推过来，岩玉拉过一看，彻底傻眼了，上面的书名赫然是：《思想道德修养》。她不禁奇怪了，那家伙刚刚那么认真地在抄什么呢？

十一

生活就是这么有戏剧性，你爱的人名花有主，爱你的人惨不忍睹。管理学老师说，风扇上有一枚钻戒，价值连城，让你不借外力凭空去拿，即使近在咫尺也拿不到，大概理想也不过如此吧。又闻俗人的最高层次是尊重，无理又似有理。

近来，女生宿舍开始闹老鼠，刚开始，于心在下铺的床上发现一枚苹果核，似嗔非怒地对岩玉说："你吃完了别乱扔。"随手就拿起扔进了垃圾篓里，后来类似的情况接二连三地出现，再仔细一瞅上面的咬痕，完全不是人为，这才不淡定了。然后，班长就神情严肃、煞有其事地教她们注意事项，归结起来，就是寝室不能放任何吃的东西，老鼠没得吃，自然就走了。

下课期间，教室别提有多乱了，尤其是后面的几个男生还像高中生一样在教室后面吵吵嚷嚷，并发出阵阵怪声，扰得岩玉别提有多烦了。这时，于心笑眯眯地对岩玉说："我们班好像进了几只猿猴，两岸猿声啼不住。"一句话，逗得岩玉扑哧一笑，末了，岩玉正色道："我听着像鬼叫，你倒觉得像猿猴。"

于心让岩玉帮忙捎两个馒头，但岩玉买的时候一迷糊，买成了两个包子，还是肉的。岩玉紧张地对王土说了说，希望她帮忙扛下来。王土一听帮她买东西她还要发飙，就气不打一处来，满口应承，一把接过包子。到了宿舍，王土气咻咻地把包子递过去，大声嚷道："给，你的馒头。""嗯……"在一旁小心翼翼的岩玉纳闷了，接过包子的于心也纳闷了。反应过来的王土又抢答道："不是，你的包子。""我要的是馒头，要放酱吃的。""哼，把里面的抠出来扔掉不就行了。"在一旁观看这唇枪舌剑的岩玉笑喷了。于心脸一扭，盯着岩玉刚想说话呢，王土一把扯过于心："别看了，就是我买的，不是她买的。"岩玉以手扶额，心想这家伙怎么这么笨。

中午女生打篮球，大家都兴奋地跑去看。因为没午休，大家都昏昏欲睡，于心一到教室就栽倒在桌子上。这时王土（因头痛趴在桌上）有气无力但

一本正经地冲睡在桌上的于心说："别睡了，快起来锻炼身体，保卫国家。"岩玉快乐歪了。

早上因为又要大扫除，所以宿舍的人都手忙脚乱地整理东西。但班长在擦窗台时发现床头赫然吊着四双袜子，没人收，大声嚷嚷后，有人说待会儿收，但一会儿全去吃饭就又忘了。等班长回来后，大声抱怨宿舍里的人不收东西，然后气得大动肝火。谁承想就这四双袜子竟惊动了队长，还堂而皇之地被带进班里。队长在讲台上严肃地教育了同学们一通。中午甚至有小道消息，说要调换宿舍。唉，其实，生活本无事，庸人自扰之，女生之间的无聊就表现为为鸡毛蒜皮的小事钩心斗角，再将小事变大。

这世界上传播爱、真、善、美的是人，弥漫着肮脏、丑陋的也是人，矛盾的人果然是仙女与魔鬼的组合体。当岩玉小的时候，她的梦想很华丽，很璀璨，她几乎不能想象长大后倘若平凡了会是什么样子。可是日子一页页翻过，岩玉意外地发现，她长大了，但她真的是如此平凡地在活着，而很多时候她还浑然不知，偶尔停下脚步回想一下时，心里涌出满满的失落感。

平凡的岩玉过着平平淡淡的生活，在世界的某一个角落，但岩玉不想一直这样平庸下去。

十几年来，岩玉好像与学习谈了一场艰辛的马拉松式恋爱，学习期间不敢做一点有违它的事，可果真是"痴情女子薄情郎"，进了这么一所"小初中"。有时，在报刊上看到某"90后"十三四就开始创作，十八九就身价几百万，某小作家迄今已发表几百万字小说、名利双收的报道。站在如初中一般大的校园里，岩玉觉得自己就像一个弃妇，年老色衰，一无所有。

许许多多的人都想要灿烂的生活，可传奇似乎都在别人的世界里。就像琼瑶式的爱情，每个女孩都向往，但当她恋爱结婚时，她会发现完全没有那种浪漫，只能自我安慰地唱"平平淡淡才是真"。

岩玉虽平凡，世界上也只有一个，但如岩玉般的人，世上却有千千万万个。

乡关何处

一

阳光在凤阳镇上的一所中学里教书，阳光的妻子腊梅也是教师，和阳光在同一所学校。

北京召开奥运会那一年，高城的房价涨到一千四百元一平方米的时候，腊梅对阳光说："别人在县城都买了房子，咱也买一套？"

阳光说："现在县城的房价正高呢，等一等吧。"

腊梅说："再等等，房价还会涨。"

阳光觉得妻子说得有道理，就拿出家里所有的积蓄九万元，又用公积金贷了十二万元，在县城的"阳光花园"买了一套一百三十平方米的房子和一个不到二十平方米的车库。

阳光本不打算在城里买房子的，他们夫妻的工作都在镇上，十一年前，他们省吃俭用已在镇子上买了一套房子，三室一厅，一厨一卫，一百零五平方米，足够一家人安居了。他是觉得钱存到银行里，会变得越来越贬值，而房价一年一年飞也似的上涨，他现在再不买的话，将来要买会更不划算。

他记得，一九九八年的时候，凤阳镇的房价是每平方米三百二十至三百五十元，当时高城的房价一平方米不过四百元多一些。二〇〇六年，凤阳镇的房价每平方米卖到四百多元时，高城的房价每平方米是六百至八百元。阳光算了一笔账，他要是提前两年在县城买房子，拿一套房子的钱差不多能买两套房子。他已经错过了一次机会，他还能再错过吗？所以，当腊梅提出在县城买房子时，阳光二话没说，就去"阳光花园"的售房部办了购房手续。

二

阳光的父母都是农民，住在凤阳镇西边思源山下一个十几户人家的小山村里，村名叫坪子上，离凤阳镇有二十多里路。二〇〇八年八月，阳光在高城买房子时，他的父母都早已过了古稀之年。阳光的父亲叫青山，父亲十一岁时，阳光的爷爷就被抓壮丁抓走了，十一岁的父亲就和阳光的奶奶过日子。阳光的奶奶是小脚，阳光的父亲就完全成了家里的主劳力了。

阳光的父亲常给阳光讲："我十一岁就担起了这个家……"

阳光的母亲说："十一岁了还不知道羞丑，夏天在日头底下锄蜀黍衣服也不穿。"

阳光的父亲说："在哪儿？我咋一点儿也不记得？"

阳光的母亲说："在窑脑，村里很多人都知道。"

阳光的父亲转变了话题说："我那时锄地每一垧都给自己定一个目标，这块地不锄完不回家吃饭。"

阳光的母亲说："就那，打的粮食也不够吃，你妈常回娘家背粮食。"

阳光的父亲说："那时，没肥料上，地就打不出粮食，麦穗结得像蝇子的头，一亩地就打三几十斤。"

阳光的母亲出身于一个贫穷的"地主"家庭，小时候没有上过一天学。二十世纪五十年代初期的时候，阳光的外祖父带着他唯一儿子跑到外地了，至死也没有回过家乡。那时，阳光的母亲枣花十七岁，经人说媒，枣花带着家里留下的一些生活用品和生产工具嫁给阳光一贫如洗的父亲青山了。

二十年后，当阳光的兄弟姐妹们都渐渐长大时，阳光的母亲才知道她父母一家跑到煤城西边一带的深山老林逃生了。

为什么说阳光的外祖父是一个贫穷的地主呢？阳光听他的母亲说："邻村有一个人叫实诚，没爹没妈，你外祖父见他可怜，就收了实诚做干儿子，实诚长大后，他还为实诚说了一个媳妇，让他成了家。谁料，新中国成立后划成分时，实诚对国家的干部说他是你外祖父家的长工，天天得给你外祖父干庄稼活，放牛放羊放猪什么的，还吃不饱饭，这样一来，你外祖父就成地主了。天天挨斗不说，还听说有些地方的地主被枪毙了。你外祖父在老家待不下去，只好连夜逃跑了。你外祖父一家走后，村里把你外祖父家的房子扒掉分了，屋子里、院子里的地面挖了几尺厚，他们都想，你外祖父家有许多宝贝，有可能埋在地底下。其实，你外祖父也是一个庄稼人，只是种的地比村里有些人家多一些，他家里有什么宝贝呢？"

阳光的父亲对阳光的母亲的家庭遭遇也许习以为常，在阳光小的时候，他常听父亲唱道："斗地主，分东西，分房子，又分地，还分地主家的大闺女。"

阳光的父亲每唱这小曲时，都是一副洋洋自得的样子。

阳光的母亲听了却无动于衷，脸上还常挂着微笑，好像阳光的父亲唱的是别人家的事儿，或者是觉得她能和阳光的父亲走到一块也是沾了斗"地主"的光。你想想，要是不斗"地主"的话，她能和青山成一家人吗？

三

阳光的爷爷被抓壮丁抓走时，留给阳光父亲的是一孔破窑洞和两间旧草房。这两间旧草房的根脚是用石头砌成的，石头取材于村前的河滩和村头的石崖。墙是土坯墙，草是从村子后头山坡上割回的白草和黄贝草。

当阳光长到五六岁时，阳光的父亲在新的村子里盖了五间石头瓦房。这五间瓦房的所有木材，除了大梁和二梁，都是阳光的父亲青山一根一根从四十里外的深山老林里背回的。那地方说是深山老林，其实是一个林场，名字叫王莽寨。这个林场离青山的外祖父家不远，所以，青山盖房时知道可以从那里扛回所需的木材。

这五间瓦房的石头是青山领着妻子和孩子一车一车从村子后面的山上拉回来的，房子两头的山墙以及隔墙用的是土坯，土坯也是青山领着妻子和孩子一个一个用坯母脱的。房子的砖瓦是青山请来匠人借用邻村的砖瓦窑烧的。青山没有钱，所以，盖房子的一切都是靠他自己和家人的力气换的。

结果，这五间房子盖成了，青山却累病了，肋巴骨下面常常疼痛难忍，实在忍不住了，青山去看赤脚医生。

医生说："这是慢性肝炎，得赶快治，要不病情恶化，会发展成肝硬化，

那就成了不治之症了。"

青山无钱买药，赤脚医生就给他说了两个偏方。一个偏方是，一斤白蒿（即茵陈）、一斤枣（去核）、一斤黑糖，三者拌在一起，放到石碾上碾碎，每顿饭前吃一撮儿即可；第二个偏方是，用白蒿和黄豆加水煎，每顿饭前喝上半碗。医生还告诫青山，平常饮食要注意点，治这种病要忌口，不要吃大肉、大油，不要抽烟。

到了春天，枣花就带着阳光到村前的地头、村后的山坡上采回一篮一篮的茵陈，拣去茵陈中的小木棒及泥土、小石子之类的脏东西，放在背阳处阴干。秋天，枣花把自家院子里和门外枣树上的枣一个一个摘下，放到太阳底下晒干，也保存了起来。之后，每隔几天，枣花就给青山碾出一小盆子治疗慢性肝炎的中药。

青山坚持吃了半年，右肋巴骨下面不感觉疼痛了。他觉得他的肝病痊愈了。

的确，他的肝病痊愈了，以后再也没有复发过。

青山因盖房积劳成疾的事，他从没有给他的任何一个子女讲述过。倒是枣花偶尔会给阳光讲："你父亲盖房时去西山背木料，椽子一回背七根，七根湿椽子将近二百斤重，头一天清早五更起床上路，第二天中午赶回家，一来一回走八十多里路，都是一些沟路和山路。有一回，半路上，下了大雨，河滩里涨水，没有了路，你父亲困了一天才回来了。要不是碰上好心人给他送饭吃，说不定他就饿死在半路了……"

四

　　一晃荡，四十余年过去了。青山盖的五间新瓦房已经老了，青山和枣花夫妇怎么会不老呢？参加工作后的阳光看着垂垂老矣的老瓦房，曾多次给他的父亲提议："把这房子扒了，翻拢成平房吧？你看现在村子里，瓦房几乎都扒完了。"

　　青山说："费那事干啥？瓦房看着落后了，但住到里边，冬暖夏凉，不像平房，到了夏天，屋子里跟蒸笼一样。"

　　阳光说："那你和我妈跟我到镇子上住吧？"

　　青山说："我和你妈不去，我们现在都能动弹，再说镇子上环境也不好，车辆多，噪音大，空气污染严重，还不如在乡下生活。"

　　阳光看到他父亲当年盖的五间大瓦房，前墙上糊的泥巴有好多地方都已脱落了，露出一块块土坯；房脊上两端的瑞兽不知何时也烂了，房坡上凹进去四五个坑，檐瓦滴水掉了足有十几块，天一下雨，就有雨水渗到墙壁上。

　　还有房子四周的院墙，有一段已经坍塌了，土坯已不像土坯，变成一堆土了。

　　还有院子前头那棵枝繁叶茂的桐树，不知是由于干旱，还是其他什么原因，竟慢慢枯掉了。按照古代懂术数的人讲，这里头是有说事的。每一家子，树犹人，人犹树；人兴树荣，人散树枯。四十年前，阳光的兄弟姐姐们都在家，一家十口人生活在一个大院子里，天天满院子的人声话语，热热闹闹的。而今，阳光的姐姐出嫁了，兄弟都各自成家了，偌大的院子里单住着阳光的父亲与母亲。

　　阳光的母亲见桐树枯了，刨掉后，又栽上了一棵梧桐。这棵梧桐长了五六年后，已有碗口一般粗细，枝叶看上去非常茂盛。

第四辑　乡关何处

五

青山常说一句话："现在，当啥都没有当农民美！你看刮风下雨就休息，种粮有补贴，看病能报销，孩子们上学有两免……"

但阳光不这么认为。

阳光常想：这天底下从事什么职业都可以，但千万不能当农民。当农民累不说，还穷，你看看历朝历代哪个农民发家了？

阳光有时也思谋，买不买个一官半职当当？眼看着身边一个个倒鸡毛的人都当上了这个长那个长，独他二十多年还是原地踏步，他有时也真感到这世界不公平，心底里不平衡。

不过，当他欲把想法付诸行动时，他又觉得不划算。他算过一笔账，他这种人又不打算贪污行贿，他当上了"官"以后过的日子也许还不如他不当"官"前过的日子。

他想，假如他当上了校长，有机会捞一把的时候，他得考虑被人揭发举报，担心受到法律的制裁，那不是得不偿失吗？你看看如今的官场，有多少官员不是机关算尽太聪明，到头来反误了卿卿性命！他真不明白，如今的官场上怎么会出那么多傻子呢！

他就想，当一个普通人最好，少操心，少劳神，没人嫉恨，没人算计，也没有牢狱之灾。

六

　　青山七十三岁的时候，遭遇了他有生以来的第一次劫难。在初春里一个半晴半阴的下午，他患病的小儿子江风在毫无征兆的情况下，抓了一把铁锹，闯进他的院子里，朝他的头上、身上一阵乱砍，直至他倒地为止。

　　江风看着倒在地上不断呻吟、血肉模糊的老爹，说道："这下子可死了、死了……"

　　阳光的母亲枣花连忙让村里人给阳光打电话："你父亲被犯病的江风打伤了，你赶紧回来吧。"

　　阳光打了"120"叫救护车，十几分钟后，就乘着凤阳镇卫生院"120"的车，回到了乡下的老家。

　　阳光回到家后，看到平常冷冷清清的院子里聚了很多人，江风已经向村子北边跑了，阳光看到母亲已为父亲的伤口进行了简单的包扎，父亲的嘴、脸处的血块都凝结了……

　　傍晚的时候，青山住进了凤阳镇卫生院。阳光掏出口袋里一张一百元的购物卡，送给了凤阳镇卫生院一位过去认识但没有什么交情的医生，他的用意很明显，是恳求医生尽心尽力为他父亲疗伤。顺便交代一句，这张卡是元旦前夕学校给教师搞的福利。

　　医生确实很用心，态度很和蔼，也很客气，不到二十分钟的时间，就把青山的伤口清洗干净，并进行了缝合。

　　当阳光和母亲、姐姐青荷把父亲安顿在医院里的病床上时，阳光的父亲"咔咔"干咳了两声，随即就呻吟起来。

　　阳光的母亲对阳光说："快、快喊医生，你爹不中了……"

　　阳光的姐姐青荷"哇"的一声哭了。阳光瞪了青荷一眼，连忙去喊医生。医生一路小跑着来到了青山的病床前，说："赶紧转院，转到县城的医院，我给医院里"120"的司机打电话。"

　　从凤阳镇到高城县约三十里路，阳光等人花费了二十多分钟时间就赶到了县医院。不巧的时，医院里大部分医生都下班了，只有几个医生在值班。

阳光在县医院找了好长时间，才等来了一位刚吃了晚饭的女医生。

女医生冷冰冰地说："先做个核磁共振，拍个片子，检查一下头部有没有受伤。"

阳光就把父亲背到透视室去做核磁共振。

核磁共振做了，当晚值班的外科专家说："今天已经做了两例手术了，助手们都刚刚回家，再说外科已经没有床位了，你们转到市里边的医院吧。"

阳光及阳光的家人、亲戚都连忙哀求外科专家救人，外科专家就是无动于衷。

阳光就向外科专家提议，用高城县医院的"120"救护车往市医院送人。

外科专家说："医院的车出车接人了，我给你提供个电话，你联系联系他，看他在不在家。"

阳光按照县外科专家提供的电话号码拨过去，很快就通了，对方说："我的车现在就在医院前头，你在医院哪个位置？"

阳光和司机见了面，咨询往市医院送人的价格，司机说："天太晚，一趟六百元。"

阳光心里想，这不是宰人嘛，平常包车去一趟牡丹市，熟人一百五十元、生人一百八十元就行了。但这时候不用人家的车，能去哪里弄车呢？就与人家商量道："太贵了，能不能便宜一点？"

这时，一个男医生过来了，问阳光："这不是阳光老师吗，你这么晚了在这里有事？"

阳光撒了个谎，说："我父亲不小心从楼梯上跌下磕伤了，咱医院的专家说没有床位，得去市医院治疗。"

男医生对司机说："赶紧往市医院送人，这是我初中时的老师。"

阳光就不再与司机讨价还价了。

七

阳光和他的母亲枣花等人把阳光的父亲送到牡丹市一家最有名的医院时，已是半夜时分。阳光看到，半夜时分的这家市医院依然人来人往、车水马龙。

阳光的父亲很快被护士用担架抬进抢救室，医生进行了诊断和救治，之后被安排进了重症监护室。

来到这里，阳光的第一个感觉就是市医院与县医院大不一样，真是"一级是一级的水平"，这不仅仅是指医院里的硬件设备，更重要的是指护士及医生的素质。阳光在这家医院里与其打交道的每一位医生和护士与人说话都有一种亲切感，给人的感觉是有素质，有教养。在这里，阳光才明白了越是浅薄的人，越是自以为是、趾高气扬，越是官当得小的人，越是摆不正自己的位置，越是敢无法无天。

在这里，唯一让阳光没有想到的是，医院的花费竟如此昂贵。他的父亲来到了这里，没有做什么手术，每天就是二十四小时不停地输液，仅仅如此，第一天就开支三千多元，之后每一天的开支都接近两千元。

阳光的父亲在牡丹市医院住了八天，基本上转危为安。

阳光去咨询主治医生，他父亲什么时候可以出院。

医生说："今天就可以。"

这时，阳光工作的学校包了一辆车，来到牡丹市这家医院把阳光的父亲及家人接回了。

阳光看了牡丹市这家医院的结账单，他父亲青山住了八天院，花费近两万元。阳光第一次感到钱在医院简直就不像钱，像纸。好在国家有新农合政策，青山出院后，国家通过医院给阳光家补贴了三四千元。

八

　　青山刚到市里边的这家医院住院没几天，每天还处在昏迷状态时，老家的一个叔伯哥给阳光打来电话，说："江风家失火了，家里的粮食、家具等几乎所有的东西都烧完了，是江风自己点的火，你看怎么办？"

　　阳光此时才幡然醒悟，觉得自个考虑事情不周，他没有安顿江风呀。

　　阳光就给市里边一家精神病医院打电话，让人家出车去拉江风，之后又给亲戚打电话，让亲戚到江风家跟医生接头。

　　阳光没有想到，人发起疯来，简直连畜生也不如。关于江风这个病的起因，江风曾给阳光说过。不过，自从江风犯病后，阳光对江风说的话一直都是半信半疑的。

　　江风说，他在凤阳镇上初二时，班里一个叫娇娇的女孩给他写纸条，说喜欢他，并且让他给人家回信。他就给娇娇回纸条。娇娇又给他写纸条。时间一长，他就真喜欢上娇娇了。有一个假期，他特别想见娇娇，就去娇娇的村子里找娇娇。结果，被娇娇的哥哥发现了。娇娇的哥哥、娇娇的父亲就把他"宰了"。

　　江风成年后，青山花了一大笔钱给他说了个媳妇芸芸，有一天，芸芸来到他家，没有走，两人就住在了一起。芸芸让他爬上了芸芸的身体，他却没有那方面的功能。芸芸就掴了他一巴掌。他盛怒之下说："我不要你了！"一桩姻缘就此了断。

　　江风说，他没有那方面的功能就是上初中时娇娇的哥哥、父亲把他宰了。

　　"宰了"是什么意思？就是被"阉割"了。

　　阳光想，不论娇娇的哥哥、父亲多么凶残，也不会、也不敢阉割江风的，他们有可能是对江风的下体使用了暴力，加上极度的恐惧和没有宣泄的渠道，江风就渐渐疯掉了。

　　这是有科学依据的。一项研究表明：恐惧容易诱发精神疾病。

　　后来，娇娇考上了学，跳出了农门，自然就把江风"遗忘"了。

　　江风由于用情太专、导致学业荒废，只好回家务农了。

她停留在空气中

阳光有时会从心底里抱怨江风：真是活该！当初他要是学好的话，肯定也是吃上公家饭的人了，哪会像现在日子过得人不人鬼不鬼的，对家庭、对社会都是一个负担。

九

青山从市里边的医院回家后，暂住在阳光家。阳光的母亲和姐姐青荷天天在床边精心伺候着。

青山在市医院住院期间，阳光的七八位同事就包车跑了一百余里去看望阳光的父亲，他们买了核桃露、奶粉等补品，还有香蕉、苹果等水果。当青山出院后，住到了阳光在小镇上的家里时，阳光同单位的老师听说后，有几十个人先后前来看望，他们有的送了一箱饼干，有的提了一兜子鸡蛋，有的掂了一箱酸奶，有的买了一箱方便面……紧接着，阳光的老家也有很多人跑到小镇上看望青山。说实话，村里有些前来看望的人，平时里和青山家是很少走动的，但青山出了事，他们也都来看了。

青山的父亲离家早，青山没有兄弟姐妹，也就没有血缘关系很近的亲戚。不过，青山突然遭受了这一场劫难，那些血缘关系不近的亲戚，差不多都前来看了看，问问伤情，安慰几句。这就是乡村，改革开放、以经济建设为中心了二三十年的乡村，人情依然浓郁、人心一直不冷漠的乡村。

青山有一个堂叔伯姐，九十多岁了，听说青山家出事了，硬让她七十岁出头的儿子开着三轮车来看望青山。

青山的这个堂叔伯姐，看到青山躺在床上，看着青山消瘦的脸庞，忍不住号啕大哭了。她这一哭，惹得受伤以来一滴眼泪没掉的青山也哭了。青山一哭，阳光的姐姐也哭了。阳光的姐姐一哭，阳光的母亲也哭了。

阳光不喜欢听哭声，说："还是父亲命好，遇到了好心人的帮助，也遇到了好医生的救治。在凤阳镇医院时，医生已让我签了字。"

阳光的意思是，你们不要沉浸在悲伤里，人应该常怀感恩之心，感谢那些帮助过我们的好心人，感谢冥冥之中那一种神秘的力量，让父亲躲过一劫。你们若这样想的时候，人生还有什么迈不过的坎儿？还有什么悲伤

的事情呢?

阳光的母亲最先止了哭,接过阳光的话头说:"真是,青山命大,在凤阳镇医院的那一阵子我看人已不中了,已开始呼哧呼哧喘起粗气来。"

青山的堂叔伯姐听到这里,便止住了哭声,又和青山拉起家常来。

此时,屋外响起了敲门声和"阳光、阳光"的喊叫声,阳光的姐姐去开了门,村子里鳏居的高进腋窝下夹了一箱方便面进来了。

阳光的姐姐问:"你怎么这么早来了?"

高进说:"我天没明就起来,跑到大队部坐陈诚的公交车。"

大队部这个词是二十个世纪八十年代以前的叫法,现在早已改成"××村"或者"××行政村"了。

高进今年四十余岁,是一个五保户。他的父亲在新中国成立初期修建当地的一个水库时,得了肝病,医生嘱托说,这病不要吃大肉和大油,但他父亲不忌口,见谁家的猪或猪娃死了,他就会跑过去跟人家要嘴吃。他嘴太馋了!所以,得病不到两年,他父亲就去世了。他父亲去世后,他母亲闹着要改嫁,他奶奶死活不同意。他母亲和他奶奶就几乎天天吵架。一吵架,他母亲就骂人,有时还摔东西。他母亲骂她兄弟姐妹,也骂他奶奶,什么粗俗的话他母亲都能骂出口。

这事儿阳光也记得,高进母亲骂人的话特别脏,脏得简直无法用语言去表达。但他母亲却乐此不疲。若干年后,阳光长大成人,参加工作后,读了弗洛伊德的有关书籍,方才明白高进的母亲为什么几乎天天用那么脏的话骂人,那是因为一个女人正常的生理欲望不能得到宣泄,只好以这种变态的方式撒出去了。

后来,高进的奶奶去世了,高进的姐姐、妹妹出嫁了,高进的兄弟说不下媳妇,去很远很远的山里当上门女婿了。此时,高进的母亲已衰老了,衰老了的高进的母亲不说再嫁人了,却疯掉了,骂人的毛病也改不掉了。她不但骂高进,还骂别人。骂别人,有的人避避她,认为她疯了,怪可怜的,不跟她一个样;有的人,受不了,就打她,劈头盖脸地打她,还朝她身上不该打的部位打。打了她,她会歇一阵子,好一阵子。但一阵子之后,她就故态复萌了。再后来,在一个春节前夕,在一个下雪天,她死在了村子后面的山坡上,不知是什么原因,也没人去探究什么原因。这个家就这样败落了,只剩下了高进一个人。

高进才四十多岁，却像七十多岁的人。头发多年没有理，白发多，黑发少，乱蓬蓬的像鸡窝；胡子有一寸多长，有白胡子掺杂其间，白亮亮的很照眼。天天流着鼻涕，两手背覆盖着一层厚厚的污垢，看上去脏极了，连有些乞丐也不如。但就是这样的一个人，村子里别的人家有啥事了，他会去掏礼，别的人家盖房子、修院墙了，他会去干活……

阳光的姐姐说："你来了就来了，你那么费事，买啥东西呢！"

高进说："我有钱，没事，我有钱。"

✝

青山在儿子阳光家住了一个多月，伤情基本痊愈，就回家了。此时已是人间四月天，那些勤快的人家红薯窝已扒好了，秋花生也种上了。而阳光家的秋地，在冬天里地块还没上冻前就犁好了，但牛屋里的粪得往地里拉，得养红薯芽，得去二十里外的镇上买肥料，得扒红薯窝，得种花生……太多太多的活儿都要青山在麦子熟之前打理完，要不，将来成熟的麦子也收不到家。

青山没受伤前，虽然是七十多岁的人了，但一脚不歇能走到凤阳镇上，地里头什么重活都还能干，经这一场灾难，人一下子老了十几岁，走起路来，整个身体都摇摇晃晃的，几乎什么重活都做不成了。小娃子江风还在市里边的一家精神病院住着，每月的花费都在三千元靠上……哎！这日子怎么过成了这个样子了？每想到这里，这个要强了大半辈子的庄稼人就会忍不住一个人偷偷地滴下眼泪。

青山做不动地里头的重活了，在家务农的小儿子又住院了，家里的农活就主要落在阳光的母亲枣花身上。这个家，一切家务需要枣花打理，一切农活也要枣花带头去做。要知道阳光的母亲枣花也是七十多岁的人了。

没办法，阳光的父亲青山还得步履蹒跚地坐车到小镇上买肥料，枣花得自己拉架子车往地里送粪，得自己扶犁种花生……这些本应该由身强力壮的人干的活儿，在青山家，常常还得由一个年过古稀的老人去干。好的一

点是，青山夫妇的女儿、女婿居住的地方离他们不远，常回来帮他们种庄稼、收庄稼，阳光和阳光的孩子们在星期天、假期的时间里也常常回家帮助他们老两口干活。

这个家也并没有像村里有些人预测的那样："这个家不行了……"，"这个家彻底败落了"，等等。

<h1 style="text-align:center">十一</h1>

腊梅有一个表姈子（表舅妈），在凤阳镇政府民政所上班。江风一把大火把家里烧了个干干净净后，阳光就去找妻子腊梅的这位表姈子，问她能不能为江风办个低保。

阳光说："我父亲母亲都七十多了，父亲在遭到江风的伤害后，走路也变得不稳当，没有能力再照顾江风了。江风的媳妇也不太能，连家务也做不好，你不费事的话，能不能为江风办个低保？"

表姈子说："没事的，我尽力去办。"

过了几个月，江风的低保真办成了。

阳光至今都感激妻子的这位表姈子，一个关系甚远的亲戚，找人家一说就把事情办成了。这让阳光觉得，这个社会上，好人仍然是很多的。

腊梅的表姈子为江风办这个低保，不仅仅是江风每个月能得到政府发的几十元生活补助，更重要的是有利于他到医院治病。

江风在市里边的医院住了一个疗程，阳光掐指一算，恰恰是三个月，医疗费用一万元多一些。新农合能报销这笔费用的百分之五十左右，也即能报销五千多元。江风因为有低保，家境又特别贫困，阳光去接江风出院那天，按照医生的吩咐，到村委开了一张有关江风家的贫困证明，又能报销剩余费用的百分之九十，也即五千余元的百分之八十。这样两次报销下来，江风这次治病家里需承担的费用总共不足两千元。

阳光回到家，把这笔账算给他的老父亲青山。

青山说："现在国家这项政策真是好！要不的话，庄稼人真治不起病。"

阳光说："你想没有，江风的房子没有盖以前，家里多平安。你一开始为他盖房子，他就变得有些憨傻了，以致到后来病情越来越重。这里边会不会有啥问题？不是一句'这是巧合'就能解释了的。"

青山说："这谁能说清楚呢？前些年，我叫西山你一位表叔来家里看过老坟，他说你老爷老奶奶爷爷奶奶的坟有缺陷，后辈人中会出现傻子。以后，有空的话，你寻人再看一片坟地。"

阳光说："中，就叫俺老丈人看吧，他懂风水。"

十二

阳光的岳父叫竹子，身材不高，方脸微圆。他的性格脾气恰如其名，与人交往办事，不论官大官小、贫富远近，只认一个理儿。他只读过两年学，却会中医，会炼金，会冶铜，更不可思议的是他还能看得懂周易、奇门以及地里风水方面的书籍。他虽是一个农民，却游历过国内十几个省份的名山大川。二十世纪六十年代，他领过副业队；七十年代，他办过造纸厂；八十年代，他还包过整节整节的火车皮往湖北湖南等地的煤矿贩木材。遗憾的是，煤矿的老板言而无信，他把木材运过去了，人家却借口说眼下没钱，到秋罢让他过去。收了秋，他带上自己种的花生、绿豆等土特产，坐火车千里迢迢过去了。人家又说："哎，真是不好意思，前一阵子国家进行煤矿安全治理，已经一个多月没有生产了。"对方给了他五百元就打发他回家了。以后，他又去了几次，人家总是有借口。他才意识到他遇到人渣了，再要如此折腾下去，不但外边的钱要不回来，他地里头的收入也会搭进去。

虽然，他早年的积蓄因这一回生意赔了个精光，钱没有了，但他有健康的身体。而今七十多岁的人了，阳光的岳父竹子依然身板硬朗，满面红光，牙白发黑。

阳光那天是骑摩托车去接他岳父的，走到自家的村边，他看到村里的男女老少都在修路。阳光的母亲枣花、大哥，还有江风、江风的媳妇也都在修路的人群里。已经有很多年，阳光没看到过一村人集体修路的场景了。这场面让他感到好熟悉，好生分，也好温馨，同时内心还涌动着一股暖流。可以说，自从土地承包到各家各户后，哪个农民不是一心一意经营着自家

的一亩三分地？哪个农民不是巴望着多挣些钱，把日子过在人前头？

  阳光和他的岳父竹子先在阳光家的老坟前停下。阳光的岳父竹子把一面罗盘放在阳光爷爷奶奶坟脚头的一块石头上，看到坟头的远处正应着思源山与卧龙山之间分界线。那里是一个风口，一起风，山风就从两山之间的交汇处刮过来了。

  阳光的岳父竹子说："这是这个老坟唯一的缺憾。按照古书上说，这种坟地的后人会出聋哑憨傻。"

  之后，阳光和他的岳父竹子去到了此坟西边的一块地里。这块地三亩左右，只有西边的一小片（一分左右）分给了别的人家，其余的三亩多地是江风种着麦。在两家的交叉处，竹子发现了一个好地方，背倚着思源山，前蹬着半个山山麓一处石片，北坡水库的水从这块地的东边昼夜不停地哗哗流过。

  竹子对阳光说："这片地做坟地，子孙富贵，人丁兴旺。只是土太薄，将来箍墓挖不进去。"

  此时，腊梅带着女儿乘坐从镇上通往村委的公交车回来了。阳光的外甥女也带着她一同打工的朋友回来了。

  竹子开始眺望、审视思源山前的一座小山——徐家山的地理风水。

  竹子说："从山东面向下看，半山腰以下的一个地方非常主贵，就是那棵新绿的杨树的东面。走，咱们上前看看。"

  阳光的女儿、外甥女及外甥女的朋友跟着阳光的母亲回家了，阳光和腊梅陪着竹子开始登徐家山。他们在半山腰的一个凹处停了下来，竹子放平了罗盘，说："就是这个地方，上边应着山的正东面，左右的地势一起一伏，这是地气旺盛作用的结果。"

  阳光仔细一看，发现这一个地方的确与其他地方地形迥异。

  竹子说："在这片地方扎坟，子孙当官很快，也能当大官。不过，人降不着地气的话，就是另外一回事了。还有一点，即使降着的话，人的寿命也短。"

  腊梅说："寿命短，选这地段就没意思了。"

  就这样，不知不觉，天已中午。吃了午饭，春天的太阳暖洋洋地照着，村里村外盛开着红白相间的桃花和棉花一样洁白的梨花，地里的小草长出来了，河边柳树的枝条绿了，村边大叶杨的穗子落了，山坡上一片一片金灿灿的油菜花，分外夺人眼目。地里的麦苗一片翁青，大部分已起了莛，看来今年麦天又是一个丰收年。青山、阳光、腊梅等人陪着竹子去了村子东边的高疙瘩村南，终于在那里看中了一处地方：土层很厚，后边是一个帽子型的土丘，前边是一片非常开阔的庄稼地。

竹子说："这地方做坟地，后代平安、富贵，人丁兴旺。"

十三

江风住的房子面东靠西，大门开在向南方向。五间上房，砖木结构，水泥钢筋沙子打成的房顶。三间北厦子，三间南厦子，前头屋把南北厦子连接一起，构成一个长方形的四合院。应该说，这是村子里最好的房子了。

当初，青山之所以倾尽多年积蓄，把江风的房子盖得这么好，是因为江风年过而立一直没有成家。江风小时候，青山为他定过一门娃娃亲，是当时村支书家的女儿，大方脸，面皮很白净，美中不足的是女孩子的嘴唇有一个很不起眼的小豁子。江风长到十几岁的时候，心里多少知道了点啥，死活不同意这门亲事。这门亲事就告吹了。此时，江风到凤阳镇求学。就是在这所学校，江风遇到了娇娇，并被娇娇的家人"阉割"了，以致成年后，发疯了。

村子北边的徐家山前下有一条大路，穿过坪子上，从江风住的房子北边蜿蜒南去。

阳光的岳父竹子对阳光说："这宅子有问题，原先有一条大路从这房子中间穿过，对房子里的家人有害。这房子是乾宅，大门应朝南开不错，但前边盖严实了，没有出气口了，很凶。"

阳光问："有没有破法？"

竹子说："把这房子东边留的偏门用砖头封死，不要使用；把前头屋当中的一间房子扒掉，给房子通气；在房子的后面垒一堵迎面墙，遮挡大

路上南来北往、乱七八糟的人啊仙啊怪啊的冲击。"

　　阳光记得，这房子没盖前，村子里朝南的一条大路就是穿房子而过的，后来这里盖了房子，就把大路往北边移了一丈多。

　　阳光问："迎面墙怎样垒？用什么垒？"

　　竹子说："用石头就行，垒成一人多高，两三米宽，墙中间垒一块'泰山石敢当'的青石更好。"

　　为了家里早日平安，阳光在一个星期天去凤阳镇中心医院门前的一家石刻铺子，花了十五元钱买了一块刻字的青石，又找来高进等人携手在江风的房子后面垒了一堵迎面墙。

十四

　　阳光计算过，从镇子上到村部走十公里村村通公路，再从村部向西走约三公里土路，就到了故乡坪子上。

　　立秋后，接连下了十几天的雨于昨天终于停了，泥土路的表面在往年冬天的时候虽然撒了一层沙石子，骑摩托车依然难走，路面凹凹凸凸不说，许多地方有积水也不说，只是路上积水处翻出的泥浆，还有农用三轮车、拖拉机等轧出的深深的车辙印，让你一不小心就连人带车歪倒了。就在上个周末，阳光带着女儿从老家返校时，就在这段路上，所骑的摩托车倒地了，结果，女儿的一个脚趾磕破了皮，阳光的两个膝盖擦破了，隐隐地流着血。还好，这一次，阳光虽然溅了两鞋及两裤腿的黄泥，车子总算没有滑倒。

　　虽然刚刚雨后，村里人都开始刨花生了。阳光到了家里，看父亲在家没有下地，还在家捣杂，但从父亲口中得知他母亲、大哥、侄女等都去北沟底刨花生了。阳光在家没有多待，就匆匆下地了。

　　村里村外的大路小路实在难走，都是一拃多深的烂泥和积水，路边长满了茂密的野草和野蒿。走不了几步，阳光的鞋子灌进了泥水，走起路来，扑哧扑哧直响，野蒿的花粘在裤子上，把裤子都染黄了。

　　到了北沟底，阳光看到姐姐青荷和姐夫也都在地里帮母亲薅花生。他看到，花生地地势低的地方还汩汩地流水。没办法，他只好把鞋子脱了，赤脚薅起花生来。他的母亲、姐姐和侄女在花生架上摔花生。

太阳很毒，阳光干了不到一个小时，浑身汗水直流，头部也不是很舒服，有一种发晕发胀并隐隐作痛的感觉，同时感到口渴得难受。他就去地边的沟底里喝了一些泉水，方才感觉稍微好了一点。至中午十二点的时候，这一块一亩多一点的花生就全薅完了。

之后，阳光和他的大哥、姐夫等人把他母亲、姐姐、侄女摔的花生装进了编织袋，一袋一袋用肩扛到了架子车上，套上牛，拉回了家，又把袋子扛到平房上，摊开晒着，上午的劳动才宣告结束。

阳光回到屋子里，浑身累得几乎一点力气都没有了，唯一的感觉就是想睡一觉。

阳光睡了大约二十分钟，他母亲把饭做熟了，他起来吃饭时，感觉好多了。

中午没有午休，一家人就又下地摔花生了。

在地里干活时，阳光的母亲对阳光说："你看你们学校谁家有小娃子，我去给人家带娃子，管它几个钱都行，我不想在家种地了。"

阳光说："这沟里的地明年不用种，让我姐家种可行了。"

阳光的母亲说："你爹不愿意。"

阳光说："不愿意让他种，你不用种，七十四五的人了，早该养老了，干这农业活能有多少收入？"

阳光的母亲说："原先我手颤，吃了你拾了的药后，不颤了，最近又想颤了。"

阳光说："那你再吃点药。"

这时，阳光听到姐姐青荷跟河对面的一个也在薅花生的妇女在拉话，说着说着，对方突然说："没能人（方言：笨人的意思）真不可活，活着真没意思。"

青荷说："没能人更应好好地活，老天已亏欠没能人了。"

对方说："真是难，娃子闺女大了，都飞了，一个人种庄稼真是难呀。"

青荷说："种庄稼，不能心急，得慢慢做。"

对方说："不像前些年，有气力，现在做活做不动了呀。"

傍晚时候，阳光骑车返校。站在卫生间的镜子前，阳光看到镜中的自

己满脸土星，头发杂乱，里边粘着许多土粒和沙子，胸口和衣服上落了一层灰土，鞋子像刚从泥浆里捞出来一样，两个裤脚沾满了泥点，真是比农夫还要农夫。

十五

进入十月，山村里一扫九月份的阴霾多雨天气。天放晴了，瓦蓝瓦蓝的空中经常飘着几片轻纱似的白云。山鹰在思源山的半山腰间盘旋。老人在山底下放牛、放羊、割草。坪子上村边、沟底，坡上、岭下都是成熟了的秋庄稼，有黄白色的玉米，红彤彤的高粱，洁白的棉花，沉甸甸的谷穗，乌黑的绿豆荚……庄稼熟了，山里人也格外忙碌了。

阳光带着孩子走在回老家的水泥路上，看到杨树的叶子一半在空中，一般在地上。空中的叶子还显出大片绿色，而落在地上的叶子都一片枯黄。落叶告诉人们，时令已是中秋了。

到了家，阳光看到今年家里种的十余亩花生终于收完了，而玉米刚开始掰。上午，阳光的父亲青山在家看场，其余的人到西湾的地里掰玉米。这一块地约两亩，早上掰了二分左右，剩余部分他们一家人掰到十点多时就掰完了。

阳光看到地里的玉米大部分倒伏在地，问临近地块的正在扛玉米棒子的苗子叔是什么原因，是不是不久前这里遭遇了大风？

苗子叔说：“不是，主要是玉米熟透了，村里人忙着刨花生，顾不着掰，玉米棒子太沉，就倒在地上了。”

原来如此。

将近中午的时候，阳光的母亲枣花回家做饭了，剩余的人开始装车。这一块地总计掰了三十余袋玉米棒子。

中午，刚吃完午饭，阳光的母亲就督促江风去茅草园子掰玉米。

阳光问他的母亲：“晌午不睡觉吗？”

枣花说：“不睡，村里人过了夏天就不午休了。”

阳光说：“现在才一点稍多一些，一点半去地也不晚。”

不到两点钟，阳光一家人都到了玉米地。阳光四下里一望，西坡、西河村的地里头都有人在收秋了。哎，真是辛苦、勤劳而又忙碌的山里人呀！

阳光和大哥、江风及外甥用镢链刨玉米棵，阳光的母亲、侄女、女儿和儿子掰玉米棒子。太阳照射着大地，直觉得后脊背火辣辣地疼。不一会儿，就汗水直淌。忽然，从思源山后呼啦啦刮过来一阵大风，汗水又落地不见。就这样，汗水出来了，过一阵，秋风刮过来了，汗水又消失了。阳光感到口渴难忍时，就到地头的小河里喝水。也不管它干净不干净，只要清澈见底，就猛饮一气。

劳动到傍晚五点多钟时，四亩地阳光一家掰了两亩有余。

天快黑了，阳光的母亲说："装车吧。"

阳光和大哥、江风及外甥开始装车。

他们在三轮车上装了三十六袋，车满了，地里头还有很多玉米棒子装不上。

阳光的母亲说："装不完咋办？"

阳光说："撇到地里，明天再拿。"

阳光的母亲说："别人偷了咋办？"

阳光说："别人不会偷，谁有工夫去偷别人的庄稼呢？个人的庄稼还收不到家。"

阳光的母亲仍然不放心，抱了一些玉米秆把没有拿走的玉米棒子盖着才回家了。

十六

冬天里的一个傍晚，小刺家的牛犊钻进了阳光家的草屋里。小刺是河水的小儿子，住在阳光家的前一排。那时，阳光的母亲和阳光的父亲还有阳光的四婶正在屋里看电视，忽然院子里响起了"刺唰刺唰"声。阳光的母亲开门一看，原来是别人家的牛犊来家里寻草吃了，就挥舞着两个胳膊，一边吆喝着把牛犊往大门外赶。

谁料想，由于阳光家的院子坑坑洼洼，阳光的母亲脚下不知拌着了什么，一下子跌倒了。阳光的母亲当时疼得叫了一个"青"字，就昏厥了，也不

能动弹了。

　　阳光的父亲见阳光的母亲好一阵子不进屋，也没什么动静，就出门看情况。拉亮屋檐下的灯泡，阳光的父亲问："你躺在地上干啥？"

　　阳光的母亲忍着大腿根部剧烈的疼痛，说："我跌倒了，估计是骨折了。"

　　阳光的父亲和四婶赶紧把阳光的母亲扶到了床上，阳光的母亲自己用手为自己轻轻按摩了几下，疼痛才稍微减轻了些。

　　阳光的父亲说："你现在感觉怎样？我去喊医生吧？"

　　阳光的母亲说："你腿脚不灵便，外边的天太黑了，明天早上再请医生吧。"

　　第二天早上，天还未亮。阳光的父亲就起床了，他顶着刺骨的小北风，徒步四五里，到村委请来了医生。医生开了一些活血壮骨止疼的药，说："最好去医院拍个片子，看股骨头有没有骨折。"

　　阳光的母亲没有听从医生的劝告，也没有把自己摔跤的事说给阳光，每天只是待在家里按时服药。

十七

　　过了十来天，阳光的母亲有时仍感到大腿根处针扎一样地疼痛，才给阳光打电话，让阳光带她到镇卫生院拍片子。

　　阳光寻了同事的车，把母亲送往凤阳镇卫生院。

　　外科的王医生看了片子说："髋关节出现裂缝，吃药保守治疗的话，估计效果不会很好，最好是做手术。"

　　阳光征求他母亲的意见。

　　阳光的母亲说："我不做手术，吃药吧。"

　　阳光就把母亲接到了自己在小镇上的家里，每天和腊梅一道，精心伺候着母亲，早饭炒一盘子鸡蛋，午饭清炖排骨，晚饭让母亲喝奶粉，同时，一日两次地服着补骨胶囊。

　　一有空闲，阳光和腊梅就到阳台上和母亲聊天、晒太阳。

　　谁也没有想到，一个天气晴朗的下午，阳光和腊梅都去上课了，阳光的母亲去卫生间，由于地面太滑，他母亲拄的手杖没有支稳，又跌了一跤。

阳光忙寻车把母亲送到了镇卫生院。

王医生说："髋关节粉碎性骨折，必须做手术。"

闲聊中，王医生得知阳光是他母校的老师，在安顿好阳光的母亲住院后，又一个接一个地打电话，为阳光的母亲联系购买做手术需要的材料，后来，还把牡丹市二院的骨科专家郅主任及两个助手，还有高城县人民医院的司院长请到了小镇上，为阳光的母亲做手术。

阳光的母亲做手术那天，和阳光一个处室的王志胜、魏志强、安志刚等六位同事，都自行调了课，赶到了医院。魏老师几栋楼上跑上跑下为阳光的母亲买药以及买做手术时需要的其他物品，其他同事和阳光一道用担架把阳光的母亲从住院部抬到门诊部的一个又一个科室，为阳光的母亲做术前全面检查。当阳光的母亲进了手术室后，阳光看到阳光的"兄弟"们一个个满头汗水……

阳光的母亲的手术很成功，在医院住了一个多月就出院了，是赵相战、武卫民两个兄弟冒着严寒，帮着阳光把他的母亲送到乡下的老家。

实话说，平日里，阳光和他的同事都忙碌着各自的事情，只有闲暇时，他们才坐到一块谈论家长里短和天下大事，没有想到，在阳光家庭遇到困难的时候，有这么多的"兄弟"伸出了援助之手。这份浓浓的珍贵的"兄弟"情谊让阳光在那个寒冷的冬天了感到了春天般的温暖。

阳光时常从心底里说："好'兄弟'，我会永远感谢你们并记得你们。"

这一次住院，阳光的母亲共花去医疗费用一万六千七百余元，新农合为阳光的母亲报销了将近八千元。试想想，没有新农合，阳光一家得背上多大债务呀！

十八

春日将尽的时候，腊梅说："过了暑假，咱也去城里吧？"

腊梅不想在小镇上教书，想把工作调到城里去。这念头她已不止一次给阳光说过了。

阳光说："如果调到城里还是教书，还不如在小镇上。到城里教书，工作压力比在小镇上更大。你不知道吗？乡镇教师的压力比乡下教师的压力大，城里教师的压力比乡镇教师的压力大，市里教师的压力比城里教师的压力大，省里教师的压力比市里教师的压力大。省市教师的压力大，人家工资高，而城里教师的待遇跟乡镇教师一个样，当一个一般教师为啥要去城里呢？这是其一。其二，你也不是不知道现在教师调动的行情，七八年前，乡下的教师往城里调，得花不少钱呢！去年，刘子旭为了把他的媳妇调到城里，也没少花。你要真想去城里，咱花点钱，你一个人先去。我将来退休了，再去吧。"

刘子旭是一个修摩托车、倒卖二手车辆的生意人，刘子旭的媳妇跟阳光和腊梅一个学校，也是教师。

腊梅说："我想，去城里咱两个人都去，我一个人也不想去。"

阳光说："咱孩子都上高三了，将来上大学得需一笔不小的费用，咱把辛辛苦苦积攒的钱大手大脚地送给那些当官的，将来孩子上学的花费咱又作难了，这划算吗？每一家都是过日子的，不是倒腾工作的。"

阳光不想往城里调动，还有一个很主要的原因，那就是他的父母都在乡下。他在小镇上工作，离家近，更方便回家，也能更好地帮助父母干一些农活。

实话说，阳光最初参加工作那几年，是一心想把家安在乡下的。因为，乡下风光好，空气也好。后来，腊梅提出在镇子上买房时，他并不是十分愿意的。他还是想把家安在乡下。可是，当他在镇子上买了房子安下家后，他觉得当初的想法十分幼稚，乡下那种地方怎么能让人生存呢？交通不方便，购物不方便，孩子上学不方便，看病也不方便。一天到晚，入人眼目的，除了山水石头、草木庄稼，其他什么都没有。

阳光有时回到家里，也跟父母商量："要不，你们俩去我城里买的房子里住吧？新房子前有一个大公园，在屋里待腻了，你们可以去公园散散步，看看风景。"

阳光的母亲笑着说："不去，到城里一个人也不认识，着急死人了。"

阳光的父亲说："去了城里，这个家怎么办？去啥地方也不如在农村生活好。到了城里，喝口水也得花钱。"

阳光说："钱的事你不用考虑，我能养活你和我妈。"

阳光的父亲说："我和你妈都能动弹，不叫你们养活。你们的负担也不小，得供孩子上学，得还款。"

阳光的父亲说的还款，指的是阳光在城里买房的月供。

阳光说："还款只占我和腊梅月收入的五分之一，我把孩子上学的钱，养活你们的钱，还有家庭的日常开支都计算在内了。"

阳光的父亲说："就这也不去。"

阳光见说不动父亲，就不说了。阳光不说了，是因阳光有时想，父母种了大半辈子庄稼，一下子让他们离开土地，过上一种天天无所事事的生活，这好吗？这肯定不好。不管什么人，都是得有事情干的，尤其是老年人。只有这样，才更有利于他们的健康。

117

第四辑 乡关何处